# GORDO

Jesús Ruiz Mantilla

# GORDO

© Jesús Ruiz Mantilla, 2005
© de esta edición: 2007, RBA Libros, S.A.
Pérez Galdós, 36 - 08012 Barcelona
rba-libros@rba.es / www.rbalibros.com

Primera edición de bolsillo: enero 2007

REF.: OBOLO53 / ISBN: 978-84-7871-866-4
ISBN13: 978-84-7871-866-5
DEPÓSITO LEGAL: B.54.059-2006
Composición: Manuel Rodríguez
Impreso por Cayfosa (Barcelona)

El Premio Sent Soví de Literatura Gastronómica tiene por objetivo fomentar la creación y divulgación de obras literarias en las que la cultura gastronómica sea factor sustancial, a fin de que surjan nuevos autores de la talla, en nuestro ámbito, de Álvaro Cunqueiro, Julio Camba, Néstor Luján y Josep Pla, entre otros, que entendieron este género como auténticamente literario.

El premio cuenta con el mecenazgo del Grupo Freixenet y el apoyo de la Universidad de Barcelona, unidos mediante convenio bipartito con RBA Libros S. A.

*El Llibre de Sent Soví* es un recetario catalán de principios del siglo XIV y está considerado uno de los primeros de cocina europea. El manuscrito se conserva en la Biblioteca de la Universidad de Barcelona. De forma simbólica, el Premio Sent Soví se propone reivindicar la tradición histórica y contribuir a impulsar hacia el futuro una herencia secular.

Jesús Ruiz Mantilla, autor de este libro, es el ganador del Premio Sent Soví 2005.

*A mis padres, por la herencia genética*
*A mi tía China, que se llevó*
*el arroz con leche para siempre*
*A Paula y Cristina, mi constante inspiración*
*Y a Marta, ella sabe por qué*

# ÍNDICE

## TORTILLA DE PATATA

Cabezón... Desde que nací fui cabezón. Y gordo, bien hermoso. Por eso soy hijo único: tanto peso y una cabeza de hipopótamo hicieron que rompiera las trompas a mi madre. El ginecólogo, que era un bestia, también ayudó, según he oído decir muchas veces en tono de disculpa a quien implantó en mí esta especie de pecado original. Pero sobre todo yo, que salí como un elefante desquiciado por haber perdido la manada al nacer, como una mula, un rinoceronte, una ballena, como un Moby Dick.

Me pasman los grandes genios que recuerdan, a fuerza de ir hacia atrás, entre regresiones, lecturas de surrealistas y psicoanálisis, sus tiempos de feto prometedor en el útero materno. A veces tengo la impresión de haberme sentido como un pepe en esa hamaca de líquidos que es la placenta. Pero todo se fue a la mierda al nacer, ya lo he dicho: rompí las trompas a mi madre y aquí me quedé. Muy solo, pero con mi chicha, mi carne oronda y unido a ella, que todavía sigue aquí, a mi lado, sin dejarme romper el hilo umbilical que ahora se ha transformado en una cuenta corriente.

Tengo la manía de tirar de la cuerda del recuerdo. Me pasa que veo algo que me inspira y sigo el sinuoso camino de su origen. Observo ahora, aquí, este pincho de tortilla. Es un trozo de tortilla sobre un pan con un palillo atravesado en el centro, no es un trozo de tortilla con pan al lado; es un octavo de ese círculo amarillo de patata, huevo, cebolla, aceite y sal, milagrosa mezcla, en un plato aislado. Está templado.

Ése es uno de mis primeros recuerdos de infancia, el de un pincho de tortilla, que tiene su ración de placer y tormento. Porque a mi santo tío político, que fue uno de los que me inició en el mundo interminable, irrenunciable y mágico de la tortilla de patata, también le he oído decir que todo el problema de mi gordura empezó con eso, cuando a los dos años era incapaz de perdonar un mosto con limón y un pincho de tortilla antes de comer.

No sé dónde, cómo, ni cuándo, ni por qué. El caso es que estoy gordo, como una foca, orondo, hecho una vaca, un chon. Y no fuerte, ni de buen ver, ni de buen año, ni majo, ni sanote, ni nada de esas cosas que te dicen como eufemismos los parientes lejanos, los amigos de la familia o los graciosos cuando te ven como te ven y piensan exactamente eso que eres pero no saben qué palabra usar después para definirte, con lo bien que quedaría uno sin adjetivos, sin cumplidos, diciéndote simplemente buenos días, qué tal.

Uno no está gordo; lo es, sencillamente. Alguien que nació con 4,5 kilos, que a los treinta y ocho años está en 130 y siempre ha pesado, por lo menos, un treinta por ciento más de lo que debía, no está gordo: es un gordo. Nací para ser Monchito y en el colegio me llamaban Monchón. Me lo puso algún hijoputa con habilidades ya para la maldad cuando teníamos cinco o seis años.

«Monchón, eres un glotón», me decían. Qué gracia, ¿no? Pues recuerdo hasta a alguna profesora que se reía al verme llegar sofocado de los recreos, con cara de muerto, cara de triste, de patético niño gordo, cuando algún cabrón con nervio, agilidad y encanto de líder me lo decía mientras constataba mi esfuerzo al subir las escaleras y cómo lo conseguía al fin rojo, congestionado, sudoroso, respirando por la boca, ahogado de sed.

Pero no fui un niño sin amigos, solitario, ni raro con los demás. Sabía que el contraataque consistía en armar bronca. Ya que estaba gordo, no tenía, además, que ser bueno. Me uní a lo peor del mercado y descubrí que la travesura crea lazos indestructibles. Si quería hacer amigos tenía que estar en ese bando porque si además de ser gordo me volvía un pelota me crucificarían y yo no buscaba el afecto de mis profesores, sino el de los amigos, la aceptación de los que no eran como yo.

Eso me dura algo todavía. Ahora, en esta edad adulta, en el trabajo, que es como un colegio en el que te pagan, también encuentro sus inconvenientes. Por eso he aprendido que ir por libre es un lujo al que ya no podré renunciar. Era el único niño gordo de mi clase. En las otras, en otros cursos, había más, pero eso a mí no me incumbía, vivíamos en mundos diferentes. Fui a un colegio caro, recto, con sobredosis de doctrina católica, de los de uniforme y babi, en una época en la que todavía pegaban con la regla de madera.

Se llamaba La Trinidad, un misterio que todavía sigo sin resolver y del que siempre desconfié porque eso de que hubiera un trío, por muy poderoso que fuera, que representaba tres cosas a la vez, me parecía un exceso. Y además, de los tres, al que se ve, a Cristo, siempre le han pintado y representado en imágenes como un tipo musculoso y gimnasta, algo que, como pueden comprender, resulta muy poco fiable para mí.

Pero me he adelantado o se me ha desviado el camino de la memoria. Pincho de tortilla. Huevo, patata, cebolla, aceite y sal. Se echa la patata a fuego lento, con la cebolla, hasta que quede bien reblandecida, no frita. Se baten los huevos, se mezcla todo, se deja reposar para que todos los ingredientes se combinen entre sí, en una especie de fiesta impúdica.

A mí me gusta pensar que la comida habla, que los ingredientes se conocen, se aman incluso, o que guerrean, según. Así que hay que dejar que la patata y la cebolla se den un revolcón o coqueteen antes del gran polvo que es la cocción conjunta. Uno tiene sus fantasías sexuales, claro.

Esa operación se repetía noche tras noche también en casa de mi abuela Luz, la primera defensora de la tortilla de patata porque era lo que más le gustaba del mundo y encontraba en su paladeo nocturno y diario un espacio utópico. En esos dominios, yo, nieto primogénito, fui el rey de un territorio donde se habían criado ocho hijos —tres varones a los que había que dar carrera y cinco mujercitas bien educadas para el matrimonio— en una posguerra de hambre, calamidades, misas diarias y *Cara al sol* con el sueldo de un trabajo seguro en el banco y algún pluriempleo vespertino de mi abuelo Ismael. A fuerza de pan, poca leche, poca carne y mucha patata vieja, los ocho salieron bajitos y de armas tomar. Todos los días cenaban tortilla en esa casa. La Tata, mi otra introductora en el mundo magnífico de ese manjar, odiaba pelar patatas. Se alimentaba de cafés con galletas y cada noche preguntaba a mi abuela:

—Señora, ¿qué ponemos hoy?

—Pues lo de siempre, Tata. Parece mentira que todavía andes preguntándome.

Y la Tata, con ese desengaño diario que se llevaba cuando mi abuela le anunciaba que había que hacer la misma operación otra vez, se metía a pelar. Las dos son las primeras mujeres que recuerdo en mi vida, si salvamos el caso de la placenta cálida de mi madre y sus trompas, que hoy sigo arrepintiéndome de haber roto.

La Tata olía a ajo y a cebolla y se comía todos los curruscos del pan, aunque estuvieran duros. Tenía un bigote cano que pinchaba cuando te besaba con pegajosos arrebatos que sonaban en tu cara como trompetas o fanfarrias de un bando vencedor. Sus piernas parecían dos palos de moler y no hacía más que decir «babión».

—Tata, ¿quieres bailar esta música yeyé?, le soltaba alguno de mis tíos en pleno arrebato guatequero, al sonido metálico de un comediscos de plástico naranja mientras bebía una Mirinda a morro.

—¡Calla, babión!, respondía ella sorbiéndose los mocos.

Tata era medio bizca y se recogía los pelos grises y lacios de la frente con arrugas entre líneas de trazo perfecto, con una horquilla que siempre llevaba oxidada. Parecía un mueble viejo traído del desván de la casa del pueblo en medio de la España cambiante de los años sesenta;

la del seiscientos, la apertura, los electrodomésticos y las primeras discotecas con canciones de grupos aspirantes a Beatles.

Había venido a la ciudad cambiando una condena de ordeño de vaca diario por un trabajo en una familia decente de la capital, donde en vez de a boñiga olía a lejía mezclada con agua de colonia por las mañanas. Su trabajo era llevar las cosas de la casa y ocuparse de mí, que pasé los tres primeros años de mi vida de bote en bote y de habitación en habitación.

Me crié entre aquellas paredes de casa de mis abuelos donde descubrí los primeros palmos de la vida y también que los macarrones y las patatas me gustaban más que la berza que tomaba todos los días mi abuelo diabético y que la leche sola que traía cada mañana en un recipiente de metal un empleado suyo que todavía conservaba una cuadra con vacas en la ciudad.

Crecí en Santander y las humedades del norte creo que hicieron más pesadas mis grasas. Hoy vivo en Madrid, adonde llegué hace veinte años, escapando de un futuro seguro y un trabajo en el banco de por vida. Pero aquí he tenido que pagar el sacrificio de no disfrutar de buenas tortillas de patata en cualquier sitio. En esta ciudad siempre es un misterio lo que te dan, algunos la cuajan hasta dejarla hecha un mazacote que se asemeja más a un bizcocho intragable y sin líquido que a lo que debe ser una tortilla propiamente dicha.

Algunos dicen que es por el calor, o que nunca puede dejarse muy cruda en ambientes secos porque enseguida se estropea el huevo, pero yo no creo que sea por eso. El problema, aparte de la dureza, es la falta de sustancia. No saben a nada, las hacen con un gusto uniforme y dan un buen trozo por ración, como para llenar pronto y bien a los peones. No hay clase, ni gusto, ni respeto en este pueblo manchego por la buena tortilla. Y eso que hoy ya van aprendiendo y en algunos sitios han conseguido verdaderas excelencias, aunque todavía les falte mucho nivel.

En el norte, en todo el norte, la cosa es distinta. Lo sé porque lo he catado bien. Lo primero que hago al llegar a un sitio es pedir un pincho de tortilla. Es natural. Me desteté con ella. Pasé de los biberones a la tortilla de patata gracias a las artes de la Tata y a los de la cocinera —que nunca vi, por cierto— de un bar que se llamaba El Escorial y que ya han cerrado. Es triste, pero tengo esas tortillas idealizadas y en mi vida he hecho otra cosa —con respecto a este capítulo, se entiende— que buscar otras que se parecieran en algo a aquéllas.

Ni siquiera ahora que soy un crítico gastronómico respetado en la prensa española, que las puntuaciones en mi columna semanal levantan o hunden un restaurante, que mis comentarios en la radio incitan a varios oyentes a dejarse los cuartos en tal o cual local, he logrado encontrar algo similar. Aquellas tortillas sabían a gloria hasta cuando estaban frías.

Es cierto que mi trabajo no ayuda a estilizar mi figura, pero eso ya, a estas alturas, qué importa. Hay días en que me levanto y hago una declaración de intenciones como gordo voluntario. Sé que la grasa que me acompaña en una relación constante de amor y odio es un riesgo para mi corazón, para mi circulación, para mi hígado, para la diabetes; más si tengo en cuenta los antecedentes en mi familia, que mi padre murió de un infarto o que mi abuelo fue preso de la insulina los últimos años de su vida, y de las peras, que pelaba dejando que el jugo le cayera por las manos como el glaciar de una montaña en el deshielo.

Sé que es más probable que muera yo antes que nadie por cualquiera de estos problemas. Pero también sé que mi vida entera ha sido una lucha constante por conseguir convertirme en una persona normal, de altura media, peso medio, encantos medios, miopía media, talento medio y no una cosa que desequilibra la otra.

Soy un gordo descomunal que se compara por la calle con los demás gordos a los que ve pasar. Muchas veces me pregunto si estaré como ése o como aquél. Y me consuelo con respuestas vagas: «Cada uno tiene una constitución diferente», por ejemplo. Aunque a veces siento una especie de satisfacción como de deber cumplido cuando veo un elefante con piernas paseando y me digo, en tono afirmativo, tajante: «Aquél pesa mucho más que yo». Pero enseguida ese placer secreto se evapora como un mazazo en la mente porque el siguiente pensamiento se me vuelve como un dardo de mal agüero: «A este paso, no tardaré en ponerme *así*», temo.

Y *así* es deforme, tranqueante, con aspecto sudoroso aunque el termómetro marque bajo cero en la época de los roscos de reyes y el ocaso de los turrones, porque la grasa de tu cuerpo actúa como una calefacción maléfica, como una hoguera que te quema y te va apartando de los demás, como un fuego que te consume a la manera medieval; o como un puerco al que le cuesta andar, moverse, que respira de manera ruidosa y ronca por las noches ahogando su descanso en la apnea del sueño que le roba la vida a gruñidos; como una vaca sagrada y cebada que no puede con su espalda y prefiere ver la vida pasar tumbada en un lecho de hierba fresca de la misma forma que uno entra en esa dinámica de la inactividad, del sedentarismo, porque no encuentra nada más placentero que comer y no moverse; nada más ideal que zampar y darse el regusto de una digestión en paz, en un sillón, hasta que llegue la hora de merendar y después la de cenar para acabar por morir durmiendo...

La vida pasa así para nosotros, como en un callejón sin salida, como en un barranco sin fin: cuesta abajo, por supuesto. Te hartas, pruebas mil regímenes, ninguno funciona porque el problema no está en el estómago, ni en el metabolismo, ni en otra cosa que no sea tu cabeza. Siempre lo he dicho: la obesidad se cura en el psiquiatra antes que en el endocrino.

Por todo eso y por más, un día, te levantas y decides ser un gordo voluntario. Es la rabia la que determina todo: porque has montado en un avión y el cinturón de seguridad no te alcanza; porque te has sentado en un cine y los cacharros que ponen para depositar la bebida, los refrescos y las palomitas, esos aros redondos que dividen los asientos como fronteras interespaciales, te oprimen las piernas; porque has ido a comprar un pantalón o una camisa y el dependiente te ha mirado de arriba abajo y con media sonrisa te ha despachado rápido: «Lo siento, pero no tenemos su talla»; porque tienes que comprar ropa en esos guetos de los grandes almacenes donde hay un cartel que dice: «Tallas grandes». ¿Hay algo más humillante?

Es en esos momentos cuando el hartazgo no te arregla la ansiedad que sientes. Algunos capitulan y reaccionan contra sí mismos poniéndose a régimen al día siguiente. Yo no, yo me rebelo y me como un pincho de tortilla en el primer bar. Cuando estoy en Madrid no espero gran cosa y a veces me llevo grandes sorpresas. Agradables, siempre, porque lo que suele resultar desagradable es una sensación normal en este asunto. En otros sitios, en Santander sin ir más lejos, me resulta desproporcionada, en cambio, la proliferación barroca de tortillas de todas clases que se han ido inventando por modas absurdas. Para pedir un simple pincho tienes que especificar que no sea con bonito, ni con espárragos, ni con jamón y queso, ni con ensalada encima, que es la más desagradable de todas.

El barroquismo en la comida es un síntoma de decadencia. Se impone volver a la esencia, lo repito machaconamente en mis artículos, en mis charlas, en la sobremesa solitaria con los camareros de confianza, a los cocineros cuando me cuelo en mis incursiones traicioneras, sin avisar, en los restaurantes que me merecen juicio.

Cuando no sabes qué ponerle a una tortilla de patatas es que quizá no sepas hacerla, sin más. Y si el gusto lo demanda no hay por qué caer en la trampa. Si uno la cocina bien, sin perifollos, nunca fallará.

Respeto los bares donde sólo hay dos clases de tortillas: con o sin cebolla. La Tata hacía tortillas como churros. Cada noche: tortillas para ocho, para diez, individuales o para dos, a lo sumo, media tortilla para cada uno y, es curioso, nunca se quitó de encima el olor a cebolla ni en su ropa, ni en los delantales, ni en la punta áspera de sus dedos, aunque las cocinara sin ese ingrediente sobre el que siempre ha existido gran controversia.

En casa de mis abuelos no existía la tortilla con cebolla y, pese a que a muchos de los miembros de la familia la preferían con ese regusto agridulce que imprime la hortaliza bien pochada, nunca se discutía, ni se pedía a Tata que lo hiciera. Su maestría era tal que ni se notaba la ausencia.

## 2

## PURÉ DE VERDURAS

A veces recuerdo mi infancia ahogado en un plato de puré de verduras. Para mi madre, mujer de mundo, trabajadora pionera, siempre obsesionada por mi gordura, ese revoltijo de productos del campo, duro de tragar para un niño que mataría por un plato de macarrones, parecía la panacea. Pero, también, en el puré de verduras encuentro una inspiración factible de lo que representaba la familia de mi padre.

En casa, el puré de verduras era verde y en casa de mi abuela paterna, amarillo. Mi casa era larga, con una columna vertebral. El pasillo recogía las entradas amplias de cada estancia. La última era la mía y por la noche lo atravesaba corriendo por miedo a que algún monstruo extraño saliera de cualquier puerta y me raptara. La de mi abuela Marina era un gran cuadrado, con pasillos anchos y recibidores amplios por el que pululaban mis tías solteras, dos hermanas suyas que vivían con ella desde que mi abuelo paterno, don Rafael Pérez Canogar, al que yo no llegué a conocer y que era amante del queso picón, murió.

No tengo conciencia de cuándo entró en mi vida el puré de verdura. Supongo que el primero lo tomé a los seis meses, cuando dejé de mamar. Lo que sí sé es que no me ha abandonado aún. Mi abuela lo comía todos los días porque estaba muy delicada del estómago y le faltaba buena parte de la dentadura. Su color amarillo, según me explicaron, se debía a que estaba hecho de patata, zanahoria y cebolla como ingredientes básicos. En el puré de mi casa, más soso siempre y peor pasado, predominaba la judía verde y jamás llevaba patata, lo que saltaba a la vista en su aspecto alfarero. Esa siniestra imagen del plato fue la base de mi primera prueba de adelgazamiento.

Los años más felices de mi infancia acabaron al cumplir los ocho. Con esa edad me pusieron a régimen por primera vez. En esa época empezaron mis ansiedades, mis primeros fracasos, porque de ahí data la primera prueba de fuego no superada. Me llevaron a la consulta de un médico con aspecto de judío disciplinado y pinta de ser amante de las manzanas verdes. Fue allí donde leí por primera vez esa palabra que todavía me aterra: endocrinología.

—¿Qué quiere decir *encronodilo, endilogrolo, encrinondo*...?

—Endocrinología.

—Eso. ¿Qué quiere decir eso, mamá?, recuerdo que pregunté.

—Es una especialidad médica. La que tiene que ver con la alimentación. Son los que ponen a régimen a las personas.

—Ah.

Me callé. No seguí preguntando. Me dejé llevar y para matar el tiempo de la espera, que es algo que todavía hay que hacer a menudo cuando se acude a la Seguridad Social, me propuse aprender de memoria esa palabra tan rara. Para mí fue un ejercicio que disipó mi mal humor. Como aprenderse califragilisticoespialidoso, el vocablo mágico al que le dedicaban una canción en *Mary Poppins*, la primera película que vi en mi vida, según me han contado.

Cuando tenía memorizada la palabra me topé con otra más complicada: otorrinolaringología. Pensé que si los primeros ponían a régimen, los segundos, por lo menos, debían de tratar el cáncer, porque yo ordenaba mis pensamientos según la gravedad de las palabras que definían cada cosa y ésa, otorrinolaringología, me parecía el colmo de todos los males.

Recuerdo también que llegó una gitana con garbo, de coleta morena, con dientes de oro y masticando un trozo de pan preguntando por el doctor Otorrino.

—Ay, mire lo que le ha pasado a mi Luisma, que se ha puesto una lenteja en la nariz, ha dormido con ella y le han prendido raíces y qué sé yo qué cosas, ¿esto no me lo podía mirar en un momento el doctor Otorrino, señora? Que es que pasan unas cosas tan raras, le decía la gitana a la enfermera.

Su hijo, de unos diez años, con el pelo rubio de esos teñidos con agua oxigenada y los ojos verdes saltones, devoraba un donut de chocolate y miraba aterrado a los pacientes que esperaban sentados.

—Tiene que esperar o ir a urgencias porque tenemos llena la consulta, respondió la enfermera con un tono, más que distante, glacial.

Había pasado la hora del pincho y el café y no había podido dejar la consulta ni un segundo, algo que, desde luego, influía en su carácter perruno.

Pero fue tarde para seguir con el espectáculo. Ni siquiera me dio tiempo a aprenderme de memoria la nueva palabra, que se me escabulló como un golpe de la memoria cuando nos mandaron entrar. Preguntaron por mí.

—¿Ramón Pérez Carrasco?

—Nosotros, respondió mi madre.

Y entramos.

Atravesamos la puerta verde con un ojo de buey y allí estaba el endocrino: doctor Manuel Santillán, médico, ya digo, con pinta de rabino, barba poco canosa, enclenque, con esa sonrisa amarga que lucen todos los que desayunan zumo de pomelo, fruta que impregna un aire sádico como el que tenía él aquella mañana en espera de su próxima víctima y sin ese olor a tabaco frío que despedían hace treinta años los médicos antes de que se prohibiera fumar en los hospitales.

Debió de gustarle mi aspecto de niño orondo, morenito y sonrosado. Tuvo que pensar a la fuerza: «A éste le pongo yo como una sílfide». Nos dio la mano, nos mandó sentar al otro lado de su escritorio de metal gris, lleno de recetarios y revistas médicas y fue directo al grano:

—Te gusta comer, ¿eh, chavaluco?

—Bueno, respondí, moviendo la cabeza a un lado.

Lo hice un tanto receloso, para que no pensara que llegaba yo allí, al matadero, por voluntad propia, ni tampoco que mi madre me llevaba con mis bendiciones. No hubo tiempo para que respondiera más porque ella, con su habilidad discutible para las relaciones públicas, sobre todo para las mías, entró al trapo.

—¡Que si le gusta comer! No se puede hacer idea. Tengo que esconder las cosas. Lo traigo porque ya empieza a ser muy preocupante lo que me traga este hijo, doctor. Sólo ve macarrones, bocadillos, patatas fritas, arroz con tomate y filetes empanados, aparte de todas las porquerías esas que come con sus amigos.

Yo bajaba la cabeza y me ponía serio para que no siguiera cantando mis vergüenzas a los cuatro vientos delante de un desconocido, alguien que por muy especialista en regímenes que fuera, no tenía por qué enterarse de todas mis flaquezas al primer contacto. Y también porque al instante que mi madre enumeraba mis manjares favoritos, a saber: bocadillos, macarrones, arroz con tomate, patatas fritas y filetes empanados, yo sabía perfectamente que desaparecían de mi vida. Menos mal que se le había olvidado nombrar la tortilla de patata, pero no me quedaban muchas esperanzas de conservarla en el menú.

—¿Y deporte? ¿No haces deporte, Tarzán?

—Algo, contesté.

—Na. Na de na. Juega al fútbol, pero enseguida se cansa, dijo mi madre.

—Pues va a haber que cambiar de hábitos, campeón, que eres muy joven para estar tan fuertote.

El médico empleó la palabra maldita, el eufemismo traidor. Para estar tan gordo, tan fofo, tan imposible, debía haber dicho. Cualquier palabra me habría agradado más que «fuertote», ese adjetivo que todo el mundo se empeñaba en usar, todavía hoy, para mi hipotético consuelo.

—A ver, pasa por aquí. Desnúdate y túmbate en la camilla.

Me auscultó, tocó todos mis órganos de riesgo, el hígado, los riñones, el corazón. Comprobó mis reflejos, me midió, me pesó...

—Estás hecho un toro, macho. Pero hay que perder mucho peso, poco a poco, para que no te me desperdicies antes de tiempo. ¿Te vas a portar bien?

—Sí, dije, encogiendo un poco los hombros.

—¿Sí o sí?, insistió el doctor.

—Sí, respondí con más determinación.

Ahí volvió a hablar mi madre, que había estado, lo menos, quince o veinte segundos callada.

—No, si de eso me voy a encargar yo. Se acabaron los banquetazos y las porquerías. ¿Usted cree que me lo puede arreglar?, soltó con esa frialdad de coleccionista de bolsos y zapatos que siempre ha tenido, con esa costumbre suya de tratarme como si fuera una escultura que se ha arrepentido de comprar a las dos semanas de tenerla en casa.

—Lo importante es que él esté convencido, apuntó el médico.

—Sí, lo está, y si no le convenzo yo a tortas, afirmó mi madre con soltura de verdulera.

—Pues vamos a hacer durante dos semanas una dieta de mil quinientas calorías.

Calorías. Otra palabra extraña que escuchaba yo por primera vez. Calorías. ¿Qué sería eso? ¿Calefacción en el cuerpo? Y, además, ¿cuántas calorías eran 1.500? ¿Cuántas calorías comía yo al día? Mi madre debió de leerme el pensamiento porque hizo esas mismas preguntas mientras yo temblaba por dentro sin perder la sonrisa de niño bueno, de niño sumiso.

—¿Y eso es mucho, doctor?, inquirió ella.

—Suficiente para que no se fatigue por sus actividades. Deben ser muy rigurosos. Mucha verdura, mucha fruta, jamón york, carne, pollo y pescado a la plancha o hervido, tortillas francesas o huevos duros, mejor. Fuera los hidratos de carbono, los dulces, las golosinas, los caramelos.

—No, si él de dulce no es mucho, es más de bocadillo, más de untar salsas. Dulce, la verdad, yo sí, yo soy más golosa, decía mi madre.

—El puré de verdura es lo que mejor le va a venir. Puré sin patata, claro. Y fuera pan.

—Bien, bien. Puré tomamos mucho, sobre todo en casa de mi suegra, que como lleva una dieta especial porque está delicada del estómago y, además, se está quedando sin dientes, pues en esa casa no se come otra cosa que purés, yogures, pescadito y compota de manzana con queso de Burgos. Así que a éste le va a venir muy bien.

Yo veía desvanecerse todas mis esperanzas, todos mis paraísos conquistados a base de bollos recién hechos, de domingos de pasteles rusos y veranos de helados, santa palabra. Porque aunque mi madre pensara que yo no era goloso, sí lo era. Comía más bocadillos que otra cosa, cierto, pero adoraba ya el chocolate, la bollería fina, la nata, el hojaldre, el pan con mantequilla y azúcar, delicia pobre de mi infancia.

Adiós a los bocadillos del recreo, adiós a los macarrones con tomate. Dos semanas en un campo de concentración interior, con el estómago clausurado, haciendo el ridículo en el colegio con una triste manzana en el patio, aterrado ante la posibilidad de que llegara algún chulo a preguntarme por qué no comía lo de los demás. Una tortura, un mal innecesario para sufrir sin nadie con quien desahogarme, sin un hermano pequeño al que contarle mis penas o a quien romperle la cabeza en un momento de desahogo.

—Y sería conveniente que hiciera ejercicio, que lo metiera usted en un gimnasio o que le apuntara a hacer deporte en el colegio. Mejor en un gimnasio, que le tendrán más vigilado, añadió el médico.

Así fue. De forma que salí de allí con doble trauma. A régimen y con el encargo de cultivar el arma de la voluntad a fuerza de ejercicio físico, cuando yo sólo concebía su práctica si era jugando a algo, nunca relacionándome con una barra en la pared o a base de flexiones contra el suelo. Era muy pequeño para buscarle la gracia al placer del esfuerzo. Yo siempre, hoy también, he sido epicúreo. Pero eso está visto que tiene un precio en nuestra sociedad judeocristiana. No sale gratis amar el placer y dedicarse a él en cuerpo y alma.

Hoy es el día que todavía maldigo aquella primera vez, el día en que todavía recuerdo la viscosidad pesada del puré de verduras, la falta de sustancia de la merluza hervida, por muy fresca que estuviera, la frialdad de los huevos duros, una especialidad que aún me hace vomitar porque desde entonces tuve un sueño recurrente: que una serpiente cuya constitución interior eran rodajas de huevos cocidos me atacaba en una pradera...

Mi primer régimen me produjo rechazo a la comida sana. Duró un mes. Dos tandas de 1.500 calorías. Apenas adelgacé seis kilos, que volvía a engordar convenientemente a las pocas semanas con lo de siempre, sin el engorro de tener que recurrir a mentiras inoportunas para explicar por qué comía manzanas en los recreos y miraba con lascivia los bocadillos de chorizo de mis compañeros.

Pero si algo tengo que agradecer a aquella visita al médico es haber intimado con mi amigo de infancia y adolescencia: Juan Parralda, otro *outsider* que encontró en mí a un alma gemela. Fue a través del gimnasio. Su madre, Manuela, a la que recuerdo que le gustaban los pomelos, recomendó a la mía el centro deportivo de Chuchi, el churrero, donde ya estaba apuntado Juanito por empeño de su padre, Manuel Parralda, conocido por ser un gran coleccionista de vinos que quería hacer de él un hombre. A mí me metieron para que cambiara grasa por músculo, a él porque querían enderezar su masculinidad.

A Juanito, a los ocho años, aunque comía patatas fritas como una lima, no le sobraba un centímetro de grasa y le caían que ni pintados sus pantalones bombachos y sus jerséis de cuello de pico a juego con los rizos amarillos y las gafas de montura metálica impolutas, siempre libres de esa amalgama de mierda verdosa que se estanca entre los cristales. Tenía una largura de bailarín ruso o de atleta, apuntaba maneras rodeado de tanta hermana lumia, con muchas muñecas, pocas pistolas y sin balones en casa.

Dos rasgos tan definidos, yo gordo y él maricón, nos han unido hasta hoy, cuando continúa ejerciendo de consejero vital de mi existencia.

## 3

## HELADO DE PLÁTANO Y TURRÓN

Juan Parralda sigue comiendo como una lima y tan delgado como una anguila. No hay cosa que más rabia me dé, no puedo pensar en nada que me produzca más envidia. Desde siempre ha zampado el doble que yo, aunque no sé dónde lo echa. Es puro nervio, cierto, y toda la vida ha tragado muchísimo más que un servidor pero nunca le ha sobrado un gramo.

Me vienen a la memoria esos helados de dos bolas que nos metíamos en verano muelle arriba, muelle abajo. El año en que empezamos a salir solos de casa fue cuando se puso de moda el de plátano, que era todo sustancia. Yo lo mezclaba con turrón y él con nata. Helados cremosos, desbordados en el cucurucho por ese círculo mágico y siempre imperfecto de los placeres fríos. De Juanito me irritaba que tuviera a diario hueco para comerse dos seguidos mientras yo debía conformarme con uno porque en la adolescencia fue cuando empecé a autoflagelarme conscientemente, hasta hoy, cuando los helados, todavía, me resultan uno de los mayores pecados, la imagen misma de la transgresión.

Nos sentábamos en las sillas del Paseo Pereda, radiografiábamos la ciudad a lametones mientras veíamos a sus habitantes pasear a la hora tonta posterior a la merienda y matábamos el tiempo con el gusto y la lengua entre frías y cremosas, imaginándonos sus vidas llenas de secretos inconfesables. Ha quedado en llamarme hoy. Saldremos, cenaremos algo por ahí, iremos al cine quizás, aunque no, lo más seguro es que nos emborrachemos juntos. Hace meses que no nos vemos. Ha llegado de una estancia larga en Estados Unidos y no callará. Lo veo venir. Me ha traído unas camisas, creo. Siempre lo hace. Allí hay buen surtido de mi talla y él elige con gusto. Luego se las pago y en paz.

Mientras llama, voy a tratar de terminar la crítica de un restaurante siniestro en el que cené ayer. No sé qué salvar. Le pondré un cinco porque nunca suspendo ni doy matrículas de honor a nadie, aunque, Dios mío, qué cosa más nociva para la salud, no he pegado ojo en toda la noche a vueltas con mi estómago torturado por aquella salsa mantequillosa que le pusieron a la carne. No se salvaba ni el pan. Estaba duro; los postres, secotes; el café, aguado...

Trataré de no ser ofensivo, pero más vale que telefonee pronto porque a medida que pasa el tiempo me caliento. Una llamada oportuna romperá la racha de adjetivos violentísimos que se me van ocurriendo.

—¿Diga?

—Monchón, soy Juan.

—Acabas de salvar un negocio.

—¿Qué dices?

—Que acabas de calmarme los nervios con tu llamada porque estaba escribiendo la crítica de un restaurante infame donde cené anoche y me iba calentando por momentos.

—No seas malo. Respeta el dinero ajeno.

—¡A mí qué me cuentas! ¡Que pongan una mercería, joder!

—Bueno, bueno. ¿Quedamos?

—Claro, ¿no?

—¿Qué te apetece? ¿Cenar? ¿Pasear? ¿Mamarnos?

—De todo un poco. Una buena cena sí, claro. Luego ya veremos. A lo mejor hasta te seduzco.

—No me vengas con mariconadas.

—Y tú no me seas brusco, que llego del país de lo políticamente correcto.

—Pues por eso, ¿a que suena bien mariconadas? ¿A que echabas de menos el español recio con tanto spanglish y entre tanta encantadora hipocresía?

—¡Qué te voy a contar! Bueno, ¿adónde vamos?

—Pues, ¿adónde vamos a ir? A un sitio de hombres a tomarnos unas criadillas, ¿no?

—Ay, ¡qué asco!

—Tú déjame elegir. Te llamo cuando reserve. Sobre las nueve o más tarde.

—Más tarde. Y media, o tipo diez.

—Vale, a las diez menos cuarto.

—Vale. A menos cuarto. Luego hablamos.

—Sí, adiós.

Juan Parralda salía del colegio a las cinco, se comía un bocadillo de media barra de pan con lo que fuera, quemaba energías y, al salir, su madre le esperaba fuera con alguna alegría más, por lo general, dulce. Nuestra amistad empezó porque los martes y los jueves, cuando nos tocaba ir al gimnasio del churrero, Juanito compartía su flauta de chorizo Revilla conmigo. Lo cambiaba a gusto porque a mí, ya entenderán ustedes, lo que me tocaba comer a las cinco, eran manzanas.

Eso une mucho. El compañerismo del esfuerzo. La primera vez que fui al gimnasio de Chuchi, el churrero, se mostró muy escéptico con lo que pudiera hacer conmigo.

—No sé, señora, le sobra mucha molla, le dijo a mi madre, con el acento cantarín e inconfundible de los castizos santanderinos criados en el barrio pesquero.

—Haga usted lo que pueda, Chuchi. De algo servirá, respondía ella mirándome como si fuera un caso irremediable.

El churrero era ancho de hombros, tenía unos brazos que triplicaban la media, lucía pelo moreno frondoso pero repeinado, se cuidaba una barba de rasgos finos que le daban impronta de perfeccionista en el borde de las mandíbulas y comía plátanos verdes para prevenir los calambres. Nos dijo que lleváramos bolsas de basura para ponerme entre el cuerpo y la camiseta, que así triplicaríamos el sudor, un invento que se me volvió asqueroso cada día porque al sacarlo se pegaba el líquido a la cara y el pelo, ya convenientemente húmedos del esfuerzo.

Chuchi no perdonaba una y el espacio físico del gimnasio, un pequeño garaje con barras y aparatos incómodos, era tan claustrofóbico, con su olor a jauría pegada a las paredes y convertida en vaho en las ventanas, que nadie podía ni siquiera fingir que empleaba a fondo el tiempo.

No recuerdo situación más humillante que aquel examen pormenorizado de mi físico al que me sometieron mi madre y el churrero delante de todos los presentes, Juanito incluido, para planificar mi puesta en forma.

—A ver, quítele un momentín la ropa de cintura para arriba, señora, le dijo el churrero a mi madre, con escasa confianza en que yo mismo fuera capaz de hacer algo tan simple.

—¿Le dejo en calzoncillos, mejor?

—Mejor, sí. Así le vemos esos muslos, por si hay que trabajar algo la piernuca.

—Hala, Monchón, vete quitándote cosas, hijo.

Yo estaba petrificado, fijándome en los demás, que rehuían poner atención pero desprendían unas ganas de ver en qué acababa la escena que cortaban el ambiente.

—Pues mire, señora, yo empezaría a trabajar por los abdominales, intentaría quitarle todo esto que le rodea el estómago, a ver si para primavera se le empieza a ver el ombligo.

El ombligo. También era un misterio para mí aquella parte de mi cuerpo. Sería el principio de la sima oscura que se asemejaba a un hoyo a explorar en medio de mi anatomía. ¿Podría llegar a verse algún día?, me planteaba yo también. Y mientras comentaban sus proyectos me manoseaban la tripa como esos sastres que miden al milímetro las costuras de los trajes que confeccionan.

—Después, me metería a cargarle las piernas para que cogiera fuerza, porque están un poco fofas, ¿no, hijo? ¿Qué pasa? ¿Qué no juegas ni al balón? ¿No te gusta darle a la pelota? ¿De qué equipo eres?

—Sí, el fútbol me gusta. Soy del Racing, ¿de cuál voy a ser?

—Claro, hijo, así me gusta. Como ahora todos los niños son del Madrid o del Barcelona, creí que tú también me habías salido rana. Pero, ¿qué te quedas, de portero?

—También soy un poco del Barça, por Cruyff. Yo juego alante.

—¡Vaya, la jodimos! ¿Del Barça? Bueno... ¿Y qué eres? ¿Pichichi? ¿Figura como el Cruyff? ¿O madero, como el Aitor Aguirre en el Racing? No meterás muchos goles.

—Bueno, algunos.

—Pues ya verás como pal veranuco vas a meter muchos más.

Ni «pal veranuco», ni para el día de hoy. Chuchi, el churrero, me dejó por imposible. No pudo hacer de mí un cachas, ni de Juanito un hombre. Treinta años después, los dos seguimos siendo fieles a la fuerza de nuestros genes y hoy vamos a regodearnos en ello comiéndonos unos huevos estrellados mientras él me relata sus experiencias amorosas en Estados Unidos. Aunque bien es cierto que Juanito sigue con su gimnasia, es algo que ahora no hay gay que lo pase por alto, con ese culto al cuerpo, en plan grecolatino que han impuesto en Chueca.

Recuerdo la primera vez que Juanito me dijo que era maricón. Nos habíamos agarrado un melocotón soberbio y yo ya estaba convencido de que lo era hace mucho tiempo. Pero me gustó que fuese la primera persona en el mundo a la que se lo confiara abiertamente. Me soltó, casi sin que se le entendiera una palabra, entre sonidos camuflados: «Dile a Aurora que me deje en paz porque a mí me gustan los tíos».

Yo estaba sentado en el jardín de un bareto de moda y no respondí nada. Se colocó junto a mí, apoyó su cabeza en mi hombro y rompió a llorar. Era el colofón a una tortura que no se había atrevido nunca a decirse a la cara ni a sí mismo.

Al rato, le respondí: «Mientras no te ponga yo». Y al llanto le sucedió una risa floja mezclada con sollozo que le hizo seguir la broma: «Tú sí me pones, pero en plan platónico».

Desde entonces no ha dejado de llamarme para plantearme sus dudas vitales. Soy como su padre y su madre al tiempo, o mejor, su amigo del alma. Él también lo es mío.

# 4

## MELÓN

Mientras termino esta crítica que me está saliendo demasiado piadosa, aprovecho los pocos minutos que me quedan para seguir aquí, tan cómodo, en mi casa, solo, con mis *Variaciones Goldberg* en el tocadiscos. Me levanto, entro y salgo de la cocina, abro y cierro la nevera, siempre encuentro algo. Hay que comprar fiambre, fruta, melones, ahora que está acabando la temporada y ya escasean los pequeñitos y dulces, como de una ración, porque el melón hay que abrirlo y comerlo en el día. Con una noche por medio, bien, todavía aguanta, pero ya más, no. Queda rancio.

Se van los melones, llegan las uvas y las mandarinas, acaban también los melocotones y ya empiezan a salir las peras jugosas. Me parto una raja, procuro dejar todos los restos naranjas en la cima de la porción porque ahí está el azúcar, ésa es la parte que marca la diferencia entre un melón bueno y un pepino. Dejo que el agua me refresque el primer bocado del día con esa zambullida madrugadora del gusto.

Llamo para reservar, me ducho, me visto y me voy al periódico a ver qué se cuece. Soy un deambulador de las cuatro esquinas de mi casa al ritmo desigual, antiuniforme y rico de la música de Bach en las manos de Glenn Gould. Porque por más que oigo unas y otras *Variaciones Goldberg*, unos y otros *Claves bien temperados*, más y más *Suites*, siempre regreso al misterio de Glenn Gould.

Me gusta la música, me hace sentirme fuera de mi cuerpo, ajeno a mi físico, cuando cierro los ojos para escucharla. Es la única dimensión trascendental de mi vida. No rezo, no hago yoga, no medito. Me entrego, sin más, a ese placer sobrenatural de la creación del hombre. No hay nada más trascendental que el hombre con los pies en la tierra frente a un pentagrama. ¿O sí?

Bueno, sí: el saboreo de una loncha bien cortada de jamón de pata negra. ¿Qué dura? Tres, cuatro segundos... Y otra vez.

Pienso en todo esto mientras me levanto del ordenador y entro en el cuarto a ver qué me pongo hoy. A ver qué camisa de mi surtido azul marino, negro, gris oscuro, marrón oscuro, verde oscuro, me pongo. Los demás colores, los chillones, los claritos, hacen que parezca una foca andante, lo mismo que los pantalones, todos oscuros, casi uniformes. Tampoco hay mucho más donde elegir para cualquier gordo en España. Los modistas, los tenderos de la ropa, te obligan a vestirte como un jubilado. Y yo me cago en todo cuando entro a comprarme algo.

Estos pantalones azules me aprietan. No quiero cambiar de talla dos veces este año. Pero soy como un acordeón, sube y baja de talla, entra y sal en aquellos pantalones, úsalos hasta que te partan la tripa en dos y no te dejen ni respirar. Mañana a régimen, porque éstos no aguantan otra lavada, van al cementerio de tallas pequeñas que tengo en el armario. Los dejo ahí hasta que adelgace otra vez y me ponga como hace... Ya ni me acuerdo de la última vez que estaba aceptable.

¿Cuántos pantalones jubilados tendré ya? ¿Veinte? ¿Treinta? Nada, mañana a fruta, verdura y yogur. Una semana. Hoy me despido con esos huevos estrellados, ese jamón que Dios guarde por muchos años y un buen vino para departir con Juanito, que vendrá también con ganas. Pero mañana, ya sabes, Monchón, mañana a plan.

Y tanto que a plan. Estoy en alarma roja. Ahora me observo bien desnudo. He estado rehuyendo mi cuerpo unos cuantos días. Alarma roja. La tripa me tapa casi por completo la minga, flácida, claro, flácida, en situación de reposo y estas estrías en la parte baja... Qué desastre. Tendría que ir a un médico, a un médico serio, de esos que no te torturan, de esos que comprenden la vida moderna, las comidas fuera, los compromisos. Pero ¿qué médico me va a tratar en serio cuando le diga a qué me dedico? Mire doctor, tendrá que ponerme una dieta asequible porque es que yo soy crítico gastronómico. Y me responderá, pues muy bien, vaya usted al milagrero, al curandero, aquí no.

Esta camisa se me pega a las tetas, pero como es de algodón la voy a estirar al máximo y me la voy a dejar por fuera del pantalón, porque ya, a estas alturas, los pantalones estos aguantan como pueden. Después de comer voy a tener que desabrocharlos y si me dejara la camisa por dentro se me formaría una circunferencia basta que llamaría la atención de todo el mundo y provocaría que los niños me miraran por la calle.

Además, en el periódico me encontraré con Julia, que llegará por el pasillo, tan sonriente desde la máquina del café y tendré que meter tripa porque tampoco voy a poder llevar una americana hoy, que ya no me cierra la que me he venido poniendo estos meses. Talla 66 y tira palante. Si me comprara otra tendría que ser una 70 para que no se me marque la molla por la espalda. Esto es un espanto. A la mierda.

Camisa por fuera y jersey al hombro, como el buen pijo santanderino que soy. Eso dice Casimiro, jefe que fuera jefe de Cultura, que a los pijos santanderinos, a los mozos de buena familia, de los de pedigrí de toda la vida, los distinguían aquí en Madrid porque en vez de colgarse el jersey a la cintura se lo echaban al hombro y lo anudaban por debajo del cuello. Pues yo, ¿qué? A seguir con el ejemplo, con ese mínimo hecho diferencial de protopijo santanderino.

En vez de ir a la compra la voy a hacer por teléfono ahora que tengo poca hambre. Fruta, yogures, leche —desnatada—, algo de carne, algún pescadín fresco, fiambre sano, pechuga de pavo, jamón york y queso de Burgos, a ver si así me porto.

Encargo, salgo de casa, pido un taxi, que ya es tarde para andar por el metro. Espero que no me toque uno de esos filósofos del volante que todo lo arreglan a tiros con los etarras y los inmigrantes.

Todavía no me he encontrado con ningún taxista que me sorprendiera desde que una noche, borracho perdido, me recogió uno que llevaba puesto *Tristán e Isolda*, de Wagner, a todo meter. Había sido inmigrante en Alemania y se vino con esa tara. No sé qué es peor, un loco de la copla o un wagneriano por la carretera. Yo me apunto a la ópera italiana y a la francesa y a veces a Wagner y a Strauss. Aunque parte de su repertorio me saque de mis casillas, le reconozco el genio a lo grande en su música de colesterol. Le debí de decir eso al taxista. Ya ni me acuerdo, pero el caso es que lo que me quitó la borrachera de golpe fue que me cobró el doble por ir del centro a casa.

Éste de hoy es de los introvertidos. No dice ni mu, no pregunta ni el itinerario, va como un piloto automático. Me cobra, ni rechista porque le doy un billete de 50 euros, adiós, adiós, muy buenas y se va.

No suelo acercarme a menudo al periódico, si paso una vez a la semana me parece mucho. Procuro hacerlo cada quince días. Escribo para el suplemento dominical y unas pequeñas sugerencias para la sección local. Ya he tragado mucha inquina en este sitio. Ya me he dejado quince años soportando el virus de la ventilación y la electricidad de las moquetas. Hace tres años me fui por libre y en mi vida he tomado una decisión mejor. El periodismo es precioso, pero los periodistas somos para echarnos de comer aparte. Así que eso precisamente he decidido yo: echarme de comer aparte. Es curioso, pero desde que me he largado me tratan con más humanidad.

Entro, saludo a quien me apetece, despacho con Beltrán, mi jefe, un joven brillante y encantador que acabará quemándose por darse mil cabezazos a la semana contra las paredes. Entrego, sugiero, paso gastos y pienso en largarme cuanto antes para que no se me pegue el ambiente. Beltrán es asturiano y nos intercambiamos queso picón. Cada vez que subo a Santander le traigo algo de Tresviso, o de Bejes y él, en cambio, cuando para por Asturias me sorprende con un Cabrales como Dios manda. Esta vez no toca, ni él ni yo hemos andado por el norte hace tiempo.

—¿Qué tal por aquí?, le pregunto sin mucho afán.

—Psch, como siempre, me responde con el entusiasmo de un depresivo sedado.

—Pues nada. Ahí te dejo lo de esta semana. No es para tirar cohetes, que digamos.

—Bueno. Ah, Ramón, coño, salta como acordándose de algo milagroso de repente. Pasé por ese sitio de la calle Castelló que me recomendaste a tomar un arroz cremoso con setinas y foie.

—¿Y qué?

—La de Dios.

—Ya te lo dije. ¿Te lo dije o no te lo dije?

—Sí, me lo dijiste, me lo dijiste.

—Pues eso.

Beltrán no cura con nada ese acento asturianín que tanta gracia me ha hecho siempre. Ni los diminutivos, ni la entonación: es un ovetense de pura cepa. Noble, sabio, discreto. Buen chico.

—¿No ha venido Julia?, le pregunto como quien no quiere la cosa.

—Sí, sí ha venido. Habrá bajado a tomarse un cafetín o habrá salido a hacer algo. ¿Quieres que le dé algún recado, ho?

—No. Nada. Bueno. ¿Algo más? ¿Quieres algo concreto?

—Así, por el momento, nada especial.

—¿Has tenido tiempo de pensar en eso que te propuse de las entrevistas en restaurantes escogidos con personajes de aquí y allá, de su padre y de su madre?

—Ah, sí, sí. No lo veo mal. No lo veo mal. Tendríamos que hacer una listina sugerente. Algo que le ponga mucho al jefe.

—¿Al Pichaprieta?

Beltrán sonríe y no entra en el juego de los motes. Al fin y al cabo, el jefe, uno de esos trepas sin talento que ha llegado lejos a fuerza de lamer culos y al que le ha caído el mote de Pichaprieta por ser un acosador de becarias reconocido, es su superior directo y no quiere líos ni que le sorprendan in fraganti entre dimes y diretes. Yo insisto.

—Ya sabes que con ése hablas tú. Yo ni lo miro.

—Vale, yo me ocupo. Pásame la lista por emilín y ya te digo algo, ¿eh, Ramón?

—Sí.

No acierto a decir más porque en ese momento escucho la voz de Julia a mi espalda.

—Hola, Ramón.

Yo estoy con la cadera y media pierna apoyado en la mesa de Beltrán. Me incorporo rápidamente y meto tripa. Siento que me ruborizo algo, porque noto calor en las orejas y los mofletes.

—Ah, hola, Julia, guapa, respondo con toda la naturalidad posible.

Julia suele tomar un café con dos palmeritas de hojaldre de ese empaquetado a media mañana. Cuando descubrí que le gustaba el hojaldre tardé poco en traerle personalmente una tarta de Santos, de Torrelavega, bocado de dioses. Además ella debe de comerlo con armonía, sin que se le descompongan las capas, un arte para el que muy pocas personas han nacido aptas.

Tiene una medio sonrisa fugaz, marcada por una cicatriz misteriosa en la comisura derecha que se asemeja mucho al dulce poco empalagoso. Al hojaldre, precisamente, al hojaldre peinado con buena mantequilla. Lleva gafas de pasta negra rectangulares que no pueden amortiguar el impacto de sus ojos negros de aceituna resbaladiza y habla lo justo, con una discreción que la hace destacar entre tanto energúmeno pontificador y tanto quejica de lo políticamente correcto como hay en el gremio.

A veces creo que me he fijado en ella sólo porque se me antoja una mujer dócil y me sale la vena machista o misógina tan acusada en mí a causa de soportar a mi traumática madre. Julia me gusta porque es lo contrario a ella y que se joda Freud. Eso es. Además, estoy seguro de que si se conocieran se llevarían a matar. Pero, ¿para qué adelantar acontecimientos? Ella se casará con algún joven discreto que vaya por la treintena, como debe de andar Julia ahora: treinta y uno, treinta y dos, no sé. Nunca se lo he preguntado.

—A ver si un día me llevas a algún sitio que esté bien, me dice.

—Cuando tú quieras.

Me insiste mucho en esto, debe de ser sibarita, porque pinta de comilona no tiene, aunque muchas pijoteras pudieran creer que le sobran algunos kilos que son los que para mí, precisamente, redondean su encanto. Yo soy una síntesis de las dos cosas, sibarita y comilón o, mejor, un cien por cien de ambas a la vez.

—Cuando yo quiera, no; cuando tú puedas.

Yo sé que no busca nada especial. Un buen plato, una novedad, un descubrimiento para luego llevar a la gente que conoce, a sus amigas, a sus ligues, para quedar bien, a que se la reconozca como una joven exploradora del buen gusto. El caso es que cada vez que nos encontramos desde hace unas semanas me sugiere lo mismo.

—Vale, ya te aviso.

—Bueno, yo no te voy a insistir más, ¿eh, Ramón?

Le podría decir que hoy, no, que hoy no, no puedo, he quedado con Juan; que mañana. No, mañana no; empiezo el régimen. La semana que viene. Y así me pongo a plan y ya daré un aspecto menos seboso, menos asqueroso. Pero me lo dice por cumplir. Verás que cuando se lo proponga me va a dar largas. O me dirá que sí en ese momento y llamará a mitad de semana para disculparse.

—Pues la semana que viene, me lanzo a proponer.

—La semana que viene. ¿Qué día?

—El martes o el miércoles.

—El miércoles, que el martes cerramos y suelo salir tarde, dice ella.

—Bien, el miércoles, entonces. Trataremos de que te sorprendas.

—Vale. Te llamo yo a tu casa para que digas dónde, o me llamas tú, como quieras.

—Te llamo yo. El lunes te llamo.

—No se te olvide, Ramón.

—Descuida, que no.

Beltrán no se ha movido de la silla. Y es extraño porque no suele parar cinco minutos seguidos en el sitio, a no ser que tenga que escribir algo. No ha perdido detalle de la conversación, estoy seguro de que me va a convertir en el hazmerreír de toda la sección, el cazabecarias, el sátiro. No, no, Beltrán es mucho más discreto que todo eso.

Jamás me traicionaría. Le sorprendo levantando la mirada por encima de la pantalla. Rápidamente baja los ojos, como renovando su atención inusitada en cualquiera de las piezas que puede tener ahora entre manos para editar: una sugerencia de alguna tienda, una receta de esas que suenan a chino y son poco prácticas, alguna de esas casas que sólo tres de nuestros lectores pueden comprar y ninguno decorar igual...

—Bueno, Beltrán, pues yo me voy.

—Espera, que te acompaño.

Se levanta del sitio y sale conmigo al pasillo.

—Aprovecha la cita con Julia que no creas que le propone planes a cualquiera, me suelta.

Me sorprende porque nuestra relación ha sido siempre estrictamente profesional. Pocas veces hemos hablado de asuntos privados, más allá de que me cuente cosas de su familia, de su hija de tres años, o del trabajo de su mujer, que es físico nuclear. No sé qué pensar de esta aproximación.

—Beltrán, por Dios. Yo qué voy a aprovechar, con esta facha, le respondo.

—Yo no te digo más que el jefe lleva meses intentando torear en esa placina y no le da cuartelín.

—Pero eso es lógico. Julia es una chica lista. Sabe que los jefes son pan para hoy y hambre para mañana, como vienen, se van. Además, no me extraña lo más mínimo, porque se acercará a ella ya empalmao, con un bulto entre las piernas y eso seguro que le tira para atrás, porque, anda que no da grima el Pichaprieta.

—¡Cómo eres! Mira que cuando te pones brutín.

—No, ni brutín, ni nada, es lo que hay. Un imbécil. Es un imbécil. Para un brutín y para la duquesa de Alba.

—También tienes razón, responde Beltrán.

Era la primera vez que entraba al trapo de criticar a su jefe.

—Beltrán, no te pierdas, que estás a punto de desahogarte con un enemigo acérrimo de tu respetado superior.

—Bueno, bueno, si yo te contara.

—¿Si me contaras qué? Que es una serpiente que no da golpe y se cuelga todas las medallas a tu costa. No me lo cuentes, ya lo sé. Es de libro lo suyo. Yo lo tengo clasificado en mi fauna particular del periódico como la especie *Omni chupoptivus*, que se caracteriza por todo pa mí y el que venga detrás que se joda. Pero tú no digas nada, Beltrán, que ya lo sé. Que ya he pasado aquí quince años.

—Vale, vale. Nos entendemos, ¿no?

—Claro que nos entendemos. Pero tú me querías hablar de Julia, no de ese mamón.

—Sí, pues eso, que es raro que quiera quedar con nadie del periódico.

—Y más conmigo, ¿no?

—No, hombre, no lo digo por eso.

—¿Por eso? Qué es eso?

—Eso es nada. Nada especial, eso.

Yo ya sabía qué. Eso era lo raro, que una chica que ha huido de las propuestas guarras de su jefe quiera quedar con un gordo que además está en el ostracismo de su crítica gastronómica. Pensé soltárselo a la cara. Pero me arrepentí porque a veces es más caro que te consideren un enfermo acomplejado que una buena ración de sinceridad. Como lo segundo ya se conocía de sobra y lo primero no pasaba más que de ser uno de mis misterios, pues preferí ahorrarme el comentario.

—¿Nos tomamos un café?, pregunté para cortar por lo sano este arrebato de comunicación mutua a tumba abierta.

—Ahora la verdad es que no tengo tiempo, Ramón. Cuando vuelvas la próxima vez.

—O quedamos para comer un día. A ti también puedo sorprenderte. Pero no por estos sitios de mierda. Ya te diré dónde.

—Yo, encantado, Ramón. Ya sabes que a mí me gusta también de vez en cuando darme un lujín, respondió Beltrán.

—Pues cuando quede con Julia, te vienes tú.

—No, ese día no. Otro. Además yo este miércoles no puedo. Habéis quedado el miércoles, ¿no?

—Sí, pero lo podemos cambiar.

—No hombre, por mí, no.

—Bueno, como quieras.

Salí por la puerta del periódico con una extraña mezcla de alivio por alejarme de ese ambiente envenenado; turbación, por lo que podía suponerme personalmente una cita con una mujer que me gustaba y de la que me daba miedo enamorarme hasta el tuétano, si no lo estaba ya; alegría, por haber logrado un pequeño grado de intimidad amistosa con Beltrán que iba más allá de la frialdad de las entregas semanales; desahogo, por haberme despachado a gusto sobre el Pichaprieta; satisfacción, por saber que a un tipejo como él no se le ponía todo a tiro tan fácilmente; cansancio, porque tanto tiempo de pie, saludando a uno y a otro, me carga las piernas, que ya no las tengo para mucho trote por la maldita circulación; y alivio por saber que había cumplido de sobra una semana más y que no tendría que volver en diez días.

Aprovecho que alguien deja un taxi para cogerlo. Es un Seat Toledo de hace doce años, lo menos, con los asientos decorados con bolitas de madera que son un suplicio para todo el cuerpo. Los taxistas con Seat Toledo suelen tener un peligro especial. Son muy pesados, muy racistas y llevan el coche hecho un asco, por lo general. Me hago el sordomudo para que no me dé la tabarra. Le doy una tarjeta con la dirección de mi casa y emito sonidos guturales que adorno con aspavientos en las manos para hacerme entender.

—¿A San Martín de Porres? Eso queda por Puerta de Hierro, ¿no?

Respondo que sí con la cabeza.

—¿Y por dónde vamos, jefe? ¿Por la M-40?

Vuelvo a responder sí con la cabeza.

—Vale, entre, indica el hombre que llevaba un jersey granate roído con migas que daban prueba de haberse comido un bocadillo de sardinas matutino y unos pantalones grises de tergal que le brillaban del desgaste.

Arranca y me mira por el retrovisor al tiempo que empieza a hablar solo.

—¡Hay que ver qué pena! ¡Está como una foca, el hombre! Lo que le ha costao entrar. ¡Y encima, sordomudo, el pobre!, se dice el taxista a sí mismo, a modo de soliloquio castizo, dejando claro el orden de prioridades de mis desgracias.

De buena me acabo de librar.

## 5

## HUEVOS ESTRELLADOS

—Huevos estrellados para dos, ¿no?

—Para dos con buena gazuza, Paco.

El restaurante es una taberna recia a la que procuro acudir una vez al mes como mínimo, a la manera de un ritual religioso. Los camareros llevan chaquetas blancas con manchurrones, pajarita negra o corbata, según, y hacen mucho ruido cuando ordenan los platos. Andan como anguilas siempre, lo mismo esté lleno o vacío, y se hacen fotos con todos los toreros, los políticos y las estrellas de cine extranjeras que aterrizan en el local como visita obligada. Luego las cuelgan en una suerte de galería de retratos con dedicatorias que hay junto a la caja registradora.

Juanito y yo estamos sentados.

—¿Qué vino vas a elegir?, me pregunta Juan.

—Un Ribera del Duero, que llevo varios meses haciéndoles boicot porque se han subido a la parra con los precios y me ha entrado ansiedad. Hasta aquí llegó la protesta.

—Es cierto que se están pasando con los precios.

—No sólo ellos, eh. Los de Rioja también están por las nubes. El otro día entré en Lavinia y, oye, de repente, me di cuenta de que ya en España se pueden encontrar vinos franceses más baratos que los españoles. Pero hablo de Borgoñas, no de Boujolais recién exprimidos.

—¡Viva al mercado común!, suelta Juanito.

Siempre ha sido un europeísta entusiasta. La frase suena adelantada al espacio en esta taberna de mis amores, donde huele a grasa de jamón, donde se nota la presencia hueca y pesada de los callos y la intensidad del pimentón, entre las mesas de madera y las paredes de ladrillo visto, en este sitio de donde se sale con serrín pegado a la suela de los zapatos, que luego se va esparciendo por la calle al ritmo del tambaleo cadencioso, tranquilo y pacífico que deja el vino por las noches.

—Bueno, ¿qué tal por Estados Unidos?

—Bien, bien. Aunque se me ha hecho largo esta vez. Están más paranoicos que nunca. Me han puesto un poco de los nervios. Tres meses han sido demasiados.

—Pero Filadelfia da mucho de sí, ¿o no?

—No creas, en 15 días he visto todo lo que tenía que ver. Después, como no te escapes los fines de semana a algún lado, se te echa todo encima. Y hay que largarse, porque durante la semana no piensan en otra cosa que en trabajar y, los domingos, hala, a hacer barbacoas. Cuando no llueve, claro.

—¿Y adónde te ibas? ¿A Nueva York, a Boston, a Washington?

—En los tres sitios he estado.

Llega el jamón que hemos pedido de entrada. Está cortado en tapas cuadradas, muy finas. Tiene buena veta y huele a distancia a ese aroma de la grasa dulce que se deshace y se convierte en agreste en la boca.

—Joder, ¡qué bueno está!, suelta Juan con la ansiedad de un exiliado de las delicias.

—Teta de novicia, le digo yo.

A Paco, el camarero que me atiende un día sí y otro también, le gusta pegarle sus viajes a las patatas con alioli de la barra y el aura le apesta un poco a ajo. Nos va dejando las cosas con el espacio de tiempo que precisa el deleite, sin atiborrarnos pero tampoco haciéndose de rogar en la espera.

—¿Sabes que Filadelfia es la ciudad con más gordos de Estados Unidos?, me suelta Juan.

—No tenía ni idea.

—Pues, como lo oyes. Sobre todo negros. Los negros es que no pueden ni andar. Es tremendo, oye. Tú te sentirías hasta cómodo. Serías normalito allí. Por cierto, has engordado algo, ¿no, Monchón?

—Y yo a ti te veo más maricón.

—Vale, en paz. Aunque te digo que lo tuyo tiene remedio, pero lo mío, no. Ya sabes, rico.

Hemos puesto las cartas sobre la mesa. Pero sin rencores. Ahora me dirá que tengo que meterme en un gimnasio, que tengo que andar, quitarme el pan, beber mucha agua y no hacer la compra con hambre. Es peor que mi madre. Verás.

—Si no tienes más que ponerte a hacer un poco de ejercicio. Métete en un gimnasio. Ya te lo he dicho.

—Ya me lo has dicho, sí. Si el churrero siguiera abierto o tuviera una sucursal en Madrid, a lo mejor me metía.

—Ay, calla. ¡Qué asco, el churrero! Esas bolsas de basura que nos hacía pegarnos al cuerpo para sudar. Calla. En tu casa seguro que tienes alguno cerca. No cuesta nada, haces un poco de bicicleta y lees el periódico, mientras. No tienes que matarte. Lo pruebas y si no te gusta, lo dejas, insiste Juanito.

—Pareces de la Asociación Española de Musculillos. Me lo vendes con eslóganes.

—Mira, haz lo que te dé la gana. Pero pruébalo, ¿por qué no lo pruebas?

—Porque no me sale de los cojones.

Paco interrumpe.

—Unos huevos, ahí van, lo ponemos por aquí, por el centro. Espero que les llegue con esto.

Yo los veo y me santiguo.

—Gracias, Paco. Así está bien.

Ese color amarillo, de sombra anaranjada. Esas patatas claras y tersas, tocadas levemente de marrón crujiente. Entremezclo un poco más el revuelto, para humedecerlo bien. Y me acuerdo del pobre Feliciano, un colega mío, periodista veterano, vividor a tiempo completo, que ya se fue, y que la primera vez que compartimos una de huevos estrellados me dijo: «Esto es pura metafísica, Ramón».

Juan vuelve al ataque.

—¿Y andar? No andas nada, seguro. Si te dieras un paseo por la Dehesa de la Villa todas las tardes dejarías de engordar.

—Sí.

—Sí, ¿qué?

—Sí, que mañana me voy a poner a régimen.

—¿Qué régimen?

—Pues a régimen, ninguno en concreto. Aplicar el sentido común, comer poco, verduras, cosas a la plancha, fruta.

—Pero irás a un médico, lo controlarás.

—¿Otro médico? Ni hablar. Mira, ya he hecho todo tipo de regímenes y seguimos en las mismas. Así que no me voy a gastar un duro más en milagros. Yo me lo guiso y yo me lo como.

Me llevo un poco de revuelto a la boca. Al tiempo que entra, cierro los ojos y suspiro. La yema es miel, la patata no se deshace como polvo disperso. Qué sencillo y qué difícil es conseguir esa felicidad pasajera que proporcionan los huevos estrellados. Puede acabarse el mundo en ese intervalo. Luego saboreo el vino. Un Pago de Carraovejas normalito, de crianza. Desde que lo descubrí, quiero que Juan lo adopte también en su club porque es de mis preferidos.

—Aprovecha, Monchón, que te me vas a poner como una sílfide, me dice Juan.

—¿Me vas a dejar comer en paz o vas a seguir dándome el coñazo, Juanín?

—Vale, fin. Mecachis en diez, suelta Juan, que es de las cosas más graves que suele decir cuando se alarma.

Lo dice bajito, casi murmurando, entre dientes.

—¿Ya te has manchado?

—Mira, sí. Y el huevo no hay quien lo quite.

—Bueno, hombre, hoy pocas cosas hay que no tengan remedio.

—Sí, pero me fastidia. Es mi camisa nueva de Armani.

—Pues que le den por el culo a Armani.

Ya salió el Juanito pijotero, el de la marca y el bien planchado, el genio de las fachadas, el impecable, el irreprochable, el bien plantado, el clasista. Su parte más odiosa y de la que más me gustaba mofarme. La prueba de que nuestra amistad era indestructible, que nos perdonábamos los defectos mutuamente, que éramos como hermanos.

—¿Te habrás hinchado a comprar?

—¿Qué vas a hacer allí? En Estados Unidos todo está pensado para que te saquen los cuartos.

—Y me habrás traído alguna camisa a mí.

—Claro. Ay, si se me ha olvidado en el coche. Es...

—No, no, no me cuentes cómo es. Luego me la enseñas.

—Espero que te quede bien. De talla es como la que te traje la última vez, pero como has engordado.

—Joder, Juan, ¿no me dijiste que íbamos a tener la fiesta en paz? Se me están atragantando los huevos.

—Perdón, dice Juan, llevándose las manos a la boca.

—¿Te pido quitamanchas o vas a tener el detalle de no atufarme?

—No, deja. No importa.

Los huevos se enfriaban y avivaban su tono anaranjado. Me vino el reflejo rebelde y unté bien de pan por el plato, donde el aceite se unía perfectamente a los restos de yema y clara. Me pasaba desde niño. Cuando me echaban en cara con insistencia mi complexión, comía pan. El pan es el tótem de la gordura. El símbolo máximo, nuestra seña de identidad. A todos nos gusta atiborrarnos de pan.

—¿Has ligao?, le pregunto a Juanito, que siempre me cuenta sus líos en los viajes.

Se le ilumina la cara y se sonroja un poco.

—Claro. Tú, ¿por quién me tomas?

—¿Con quién? ¿Con algún marinero? ¿O con algún estibador del muelle de Filadelfia?

—Un poco de todo, suelta Juan, en plan coqueto y castigador, en plan gay fatal.

—Mira que sois promiscuos.

—Envidia cochina. Y tú, ¿por qué me lo preguntas? ¿Por interés sociológico? Lo normal es que te lo cuente yo.

De repente, Juan, que es como la bruja adivina, que me conoce por dentro como si fuera un gusano o un rayo láser, se da cuenta de que si he querido sacar el tema es por algo.

—Tú sí que has ligao. Anda, si no, ¿de qué me lo vas a preguntar? A estas horas estaríamos hablando de política.

—¿Yo? No, contesto.

Siempre me sorprende ese sexto sentido que tiene el cabrón. No le puedo ocultar nada. Con una pregunta inocente, descubre mis intenciones antes que yo. Porque es cierto que estaba deseando que volviera para hablarle de Julia.

—Bueno, no sé, digo, para que no se nos escape la conversación, para que me tire del hilo.

—¡Mi Monchón ha ligao! Vamos a brindar.

—Calla, coño, que se está enterando hasta la cocinera.

—Ay, bueno. Es para estar contento, ¿no? ¿O vamos a ir de entierro?

A cierta edad y después de varios desengaños, me he acostumbrado a llevar el amor en clandestinidad. Muchas veces parece lo que no es.

—Es que no me quiero hacer ilusiones, ya sabes.

—No, no sé. Ya sale el acomplejao.

—No es para menos, ¿no? Después de lo que pasó con quien tú ya sabes.

—Aquello te vino bien, a la larga, porque es una imbécil.

—Ya.

—Bueno, ¿y quién es esta nueva? ¿La conozco?

—No, no la conoces. Es una chica del periódico. Hemos quedado para cenar la semana que viene. Me ha insistido mucho y al final lo hemos arreglado. Se llama Julia.

—¿Julia? Me gusta. ¿Y qué? ¿Es alta? ¿Baja? ¿Morena? ¿Rubia?

—Es tierna. Tierna y simpática.

—O sea, que no es muy allá.

—Me cago en la puta, Juanito. Mira que eres pijo. ¿Qué más dará?

Para mí, ahora, es la mujer más imponente del mundo.

—Ya. Pero, ¿cómo es?

—Es que vosotros si no vais con una *top model* o un maromo debajo del brazo no miráis. ¡Qué clasistas sois, joder!

—¿Vosotros? ¿Quiénes somos vosotros?

—Vosotros los gays.

—Vale. Pero cuéntame cómo es.

—No me acuerdo.

—¿Cómo no te vas a acordar? No te enfades, Monchón, anda. Hazme sólo una descripción fría. Entierra tu pasión, tu euforia becqueriana y ponte a mi altura.

—Es morena, de altura normal y tiene los ojos negros, le digo. Hago un esfuerzo por resaltar lo que me pide, aunque es cierto que una de las pruebas definitivas del amor, en mi caso, es cuando haces abstracción del aspecto físico de las personas. ¿Será así con todo el mundo? ¿O es algo que nos pasa a los deformes precisamente porque es lo que deseamos que hagan los demás con nosotros? Eso, que se conviertan en ciegos cuando se trata de analizar nuestros defectos.

Juan insiste, es insaciable.

—Ya, pero morena, ¿con el pelo largo o corto? ¿Altura normal para un hombre o una mujer? ¿Los ojos negros rasgados, redondos, grandes o pequeños?

—Ya lo verás.

Paco llega a retirarnos el plato mientras chasquea los dientes.

—¿Alguna cosita de postre, señores? Tenemos el arroz con leche, muy bueno; los canutillos, excelentes; la leche frita, recién hecha; tartas de la casa, de chocolate, queso, hojaldre; fruta del tiempo, uvas, naranjas que ya están magníficas...

—¿Compartimos un arroz con leche?, me dice Juan.

—Arroz con leche con dos cucharas, Paco.

—Muy bien, ahora mismito, contesta el camarero, que recoge los platos, las migas y se va.

—Luego me dices que engordo, pero tú me tientas, Juanín, mi vida, y siempre ha sido igual. ¿O no te acuerdas de los pinchos de tortilla de la Bodeguca o de las hamburguesas del Heidelberg?

—Claro que me acuerdo. Pero no estábamos hablando de eso, Moncho, estábamos hablando de otras cosas.

El arroz con leche llega rápido. Paco lo deja y no comenta nada. En la taberna de mis amores lo tuestan con caramelo por encima y entonces es otra cosa. No lo puedo comparar con el que me hacía mi tía Isabel, que retengo en mi memoria como una obra de arte. Es otra cosa.

Juan sigue sonsacándome.

—¿Y desde cuándo te hace tilín?, me pregunta.

—Venga, Juanito, no seas cursi. No me hace tilín, me pone. Pero ahora te toca a ti. ¿A cuántos camioneros de esos que marcan músculo y paquete te has llevao al catre?

—¿Tú te crees que soy una zorrupia barata?

—No, coño, cuéntame tú.

—Acabemos primero con lo tuyo y luego te cuento, te lo prometo.

—Pero, ¿qué más quieres saber?

—Pues cuántos años tiene, por ejemplo. Si ves posibilidades, de dónde ha salido. Esas cosas.

—Pareces la CIA, macho. Yo es que son cosas que ni sé.

—Hombre, sabrás si vas a poder sacar algo de ahí.

—No, no lo sé. Si yo fuera Cary Grant, tendría más claras las cosas, pero soy como Demis Roussos, más bien.

—Pues Demis Roussos creo que ligaba un huevo. ¿Y la edad? ¿Será más joven que tú?

—Sí, pero no mucho más. Andará por los treinta.

—Ah, bien. ¿Y de dónde ha salido? Nunca me habías hablado de ella.

—Es que he empezado a fijarme cuando nos hemos conocido hace poco. Sí, debe de llevar un par de años en el periódico, o algo así.

Paco interrumpe.

—¿Cafés? ¿Alguna copita? ¿Un chupito de orujo blanco?

—Dos cortados, Paco. Y para mí un orujito del leonés. Mi amigo no toma copa.

—No, no quiero nada, gracias, dice Juan.

—Muy bien. ¿Qué tal han cenado? ¿Bien?

—Bien, como siempre, Paco, ya sabes que si no, lo digo.

—Así me gusta, Don Ramón, que ya sabe que aquí se le toma mucho en cuenta.

—No tanto, Paco.

—Mucho, y usted lo sabe. Ahora les traigo los cafés.

Juan me mira con sorna.

—Mírale, más ancho que largo. Cómo le gusta a él que le adulen, me dice hablando en tercera persona, distanciando el recochineo.

—Pues como a todo hijo de vecino. Como a ti sin ir más lejos, que eres una *prima donna*.

—Y tú un divazo.

—Por cierto. ¿Has ido a la ópera en Filadelfia?

—Sí, claro. Mira que son cursis los americanos para los montajes. No hay por donde cogerlos y luego aquí los miramos como si fueran el no va más.

—Ya, son un pastelazo. ¿Y qué has visto?

—Pues repertorio puro y duro. Una *Bohème*, una *Favorita*, un *Otello*, con Plácido.

—¿Otra vez? ¿Cuántas veces has visto cantar Otello a Plácido?

—Seis o siete.

—Eres como las viejas esas que tiene en su club de fans y te saltan encima cada vez que le criticas.

—¿Qué quieres que le haga? Es el número uno, es un fenómeno. Y está como una rosa para cantar *Otello* todavía, aunque ya vaya a dejar el papel.

La ópera, otra de nuestras pasiones comunes. Y otro de nuestros puntos de discusión constante. Un par de forofos. A mí me gusta porque es el único arte donde todavía la imaginación corre por libre y no está sujeta a las dictaduras del aspecto físico, el único arte donde la música nos hace libres, donde los feos triunfan por ser artistas, no modelos, aunque ya, la tiranía estética se esté imponiendo en algunos ámbitos por culpa de los directores de escena modernazos, que lo van a echar todo a perder y nos van a expulsar de ese oasis, de ese paraíso donde todo es posible. Ojalá alguien les pare los pies.

—Y aquí, tú, Monchón, ¿qué has visto?

—Nada digno de mención. O bueno, sí, un *Pelléas y Mélisande* de quitarse el sombrero, de chapó.

—Ya lo oí. Fue bueno, ¿no?

—Bueno, no. De cagarse.

—Cómo eres, Moncho. Ni para hablar de ópera te lavas la boca.

—Ya salió doña perfecta. Que me cuentes tus ligues. No te escapas sin contarme tus ligues.

Paco nos planta el café.

—Les dejo la leche para que ustedes se sirvan a su gusto, dice este profesional de la discreción y la charla justa. Paco no es de esos camareros que te cuentan su vida si te ven solo. Cuando vengo por mi cuenta a esta taberna de mis amores me da cháchara, pero enseguida nota cuándo quiero dejar de hablar y ponerme a comer.

—Venga, te lo voy a contar. Esta vez no me he pasado. He tenido mucho trabajo y estaba muy agobiado. Acababa a las tantas. No me quedaba tiempo para los placeres.

—Ya, aquí, Calígula, en persona, sin tiempo para los placeres. No me cuentes cuentos, Juanito.

—He ligado con uno de la empresa donde estuve haciendo el *training*. Aunque ya sé que no se debe meter la eso, donde tienes la olla, pero es que era un amor.

—Mira que eres remilgao. No sueltas un taco ni aunque sea un dicho. Pues estamos buenos los dos. Hemos ido a caer en el trabajo.

—Nada. Lo mío ya pasó. Y acabamos como amigos. Mira, ya tengo un ligue en Filadelfia. No todo el mundo puede presumir de esas cosas.

—¿Y qué era? ¿Un gordo típico de allí?

—Mira, al que no le interesa el aspecto físico. El que no se acuerda de esas minucias.

Juan volvía a hablarme en tercera persona, es decir, que volvía a tomarme por el pito de un sereno.

—Me estoy choteando, Juan.

—Sí, sí. Pues no, tenía un tipazo.

—Un tipazo de serie de tercera. ¿Qué era? ¿El limpiapiscinas o el profesor de tenis?

—Nada de eso, era un ejecutivazo.

—Un esclavo del sistema, querrás decir.

—Sí, pero con un Lexus de muy señor mío y una cuenta tan gorda como...

—Como la polla.

Juan soltó la carcajada y tiró el café como si fuera un chorro de ducha a presión.

—Ay, Moncho, qué bestia eres. La camisa de Armani a la tintorería. Cachis, mira cómo me has puesto.

—Cómo te has puesto tú, que estabas pensando cochinadas y luego dices de mí.

Nos entró la risa a los dos, esa risa reconfortante del reencuentro, de la amistad sonora, de los amigos que se dan. Me alegraba el alma que hubiera vuelto. A veces te das cuenta de cuánto echas de menos a tus personas más cercanas cuando las vuelves a ver. Juan me daba tranqui-

69

lidad. Con él en la ciudad, aunque no nos encontráramos en un mes, ya no me sentía tan solo.

—¡Paco, tráenos la cuenta, por favor!, le dije al camarero en una de esas treguas de segundos que te dan los ataques tontos de risa.

# 6

## NARANJAS

Naranjas para desayunar. Café solo o té. Una rebanada de pan integral tostado como Dios lo trajo al mundo, sin vestir, ni lavar, sin mantequilla, sin aceite, sin mermelada dietética siquiera. Estoy a régimen. He dormido regular. No ha sido la cena, estoy seguro. No ha sido el vino; tampoco las preocupaciones; menos incluso el pensamiento de Julia, que va y viene como una noria en mi vida desde que quedamos ayer.

Ha sido la angustia, la tristeza de decir adiós a los placeres del paladar. Tengo cuatro o cinco restaurantes pendientes de crítica, así que iré soltándolos poco a poco estas semanas, lo mismo que las tabernas que me quedan en la nevera para la sección fija de local. De ésas debo escribir tres. Pero bueno, es más fácil en este campo hacer una crítica sin probar las especialidades. Me fiaré de los amigos o llevaré a Juanito de explorador culinario, que tiene buen gusto.

Las naranjas están algo amargas todavía. Hay que escogerlas bien. Deben ser pesadas y tener la piel fina. Son las más jugosas. El truco me lo enseñó mi padre, que tomaba todas las mañanas una naranja para desayunar, nada más levantarse, para poder fumar inmediatamente después. Yo pasé las mañanas de mi infancia entre un aroma mezclado por piel de naranja, humo de tabaco negro y espuma de afeitar. Por eso detesto el olor de los cigarrillos.

Y por eso me queda la manía neurótico-compulsiva de rechazar el ruido que hace la gente a mi alrededor cuando come. Viene del recuerdo de mi padre al tragar por dentro el jugo de las naranjas. Me producía un histerismo difícilmente controlable, con espasmos que me recorrían todo el cuerpo y me hacían soltar un grito impertinente acompañado de alguna orden a la que me respondían con un castigo o incluso con algún chuletón en la cara.

Todavía hoy me ocurre. Pero me muerdo la lengua y me voy del sitio en el que ocurre para no aguantar sonidos que me resultan repulsivos, insoportables. Generalmente me pasa con personas muy queridas o muy cercanas. Es una forma de medir lo que me importan. Sí, aunque suene raro. Será de esas cosas a consultar con el psiquiatra, cuando llegue la hora de consultar a alguno.

Pelo la naranja siempre de la misma manera. Corto en círculo por los polos y trazo cuatro meridianos a partes más o menos iguales, de arriba abajo. Es la mejor forma de saber si saldrá jugosa o no. Una vez pelada, la atravieso con un cuchillo por la mitad para que se multiplique el líquido. Si se la divide en gajos con la mano resulta mucho más seca. La de esta mañana, pese a tener la piel oscura, por el interior ha salido ácida. Jugosa, pero ácida.

Después he engullido el pan secote, con esas briznas de trigo que se te aposentan en el paladar y la lengua como astillas. He tenido que pasarlo con el café, que le da más gracia, más alegría, otro aire. Lo bueno de ese desayuno es que según lo vas masticando ya estás sentado en la taza del cuarto de baño, para desatascar.

Es lo que me hace falta. Una buena limpieza por dentro, una buena purga que en dos días me haga sentirme más ligero. La soledad del cuarto de baño da mucho juego para pensar. Es donde tomas las decisiones importantes. Sentado en el agujero por el que expulsas parte de tus demonios e intranquilidades, decidí dejar mi trabajo fijo; me planteé convertirme en periodista, crítico o lo que soy ahora, que no sé muy bien cómo definir. Escribir en los periódicos, en suma. Lo hice ayudado por los reportajes de los dominicales que me tragaba allí en mi adolescencia turbulenta. Mientras eliminaba lastre de mi cuerpo, alimentaba el alma con denuncia social, entrevistas magníficas a estrellas de cine o grandes científicos, descifrando maravillosas recetas de cocina y compartiendo los puntos de vista de columnistas célebres.

El cuarto de baño ha sido mi templo, mi capilla salvadora, mi celda de reclusión espiritual, mi morada interior. Allí también, seguramente, de manera paulatina, debí de dejar de creer en Dios. Ha sido una especie de universidad y más vale así porque un espacio al que acudes, por lo menos, tres veces al día, como es mi caso, más vale que sirva para aprovechar el tiempo.

Con el aceite de oliva en la tostada también se arregla bien la función intestinal. Mejor incluso, se lubrica con más tino la mierda, desciende con más fluidez, no de forma entrecortada, de esa manera no se sabe bien cuándo ha acabado uno de expulsar todo lo que lleva dentro.

El café es fundamental. El mero olor me hace soltar todo el churro a veces sin necesidad de probarlo. Tiene que ser bueno. Soy sibarita con el café. Tiene que ser natural y brasileño. Aunque es aparentemente suave, en realidad es sutil y sustancioso. Hay que cuidar y contrarrestar en casa las porquerías que consumimos por ahí.

Con el té me ocurre lo mismo. Suelo encargar un buen cargamento a cualquier amigo valiente que visite las islas. Yo no soy muy aficionado a ir, más bien lo detesto. Del mundo anglosajón pocas cosas me convencen, pero las que comparto me parecen excepcionales. Una de ellas es precisamente su habilidad comercial con el té. Es algo que echo de menos desde que han cerrado en España Marks and Spencer.

Estriñe más el té, es cierto, pero el sabor es más rico, más cambiante, amodorra menos los hábitos y abre más los ojos que el café. Es un brebaje para personas inteligentes, digo, con poco miedo a equivocarme. En cambio, el café es más efectivo para las funciones fisiológicas que se buscan en un excitante. Por eso hay que defenderlo siempre.

Tendré que alternar estos días varios menús. Hoy tomaré filete a la plancha con tomates; para cenar, tortilla francesa, queso de burgos y jamón york o pavo. Frutas a mansalva y yogures desnatados. Mañana, verdura para comer, menestra; nada de segundo y pescado para cenar, hervido o a la plancha; pasado, pechugas de pollo con ensalada para comer y verduras para cenar.

Saldré poco. Escribiré en casa, cancelaré compromisos. Mi amigo Manolo quiere sacarme uno de estos días a la intemperie de los bares, pero tendremos que dejar nuestra competición de vida sana y kilos tirados por la borda a lo tonto para otra ocasión, ahora estoy en situación de alarma. Tengo un objetivo para los próximos días: acudir a la cita con Julia satisfecho conmigo mismo, dentro de lo que cabe, siempre se entiende, porque la vida de los monstruos como yo siempre está llena de insatisfacciones y malas ondas.

El primer día de los regímenes siempre es de los peores. Te asalta la melancolía, no se ven los resultados hasta muy entrada la tarde, cuando se puede contabilizar el líquido expulsado, constatar una sana ligereza que es pura ficción psicológica. Es el momento próximo al más feliz del día: la cena.

Aunque la cena sea una mierda triste y rápidamente pasajera, no pierde su encanto, ni su poderosa razón de sentido vital. Es algo que no le pasa a la comida, a no ser que se haga en casa y plenamente consciente de lo que se come. El objetivo principal es llenarse o encontrar una sensación de plenitud en el estómago. En la gordura, como en todo, el punto psicológico es crucial. Lo peor son las horas que pasan entre las comidas. Puede parecer una obviedad, pero no, hay que matarlas como sea. El mejor método es encerrarse en casa sin la despensa llena de tentaciones. Hay que deshacerse de las delicias que pueden destrozarnos la voluntad, generalmente escasa y fácil de vencer. No hay que olvidar que el gordo lo es por taras físicas; pero, sobre todo, lo es por vicio. Y digo esto para evitar las compasiones, que son los sentimientos más despreciables hacia los taraos que me vienen a la mente.

Es importante aprovisionarse con todo tipo de productos inocentes, de apoyo y ayuda. La fruta, los yogures desnatados, el fiambre sin grasas, el queso fresco. Es como el teléfono de la esperanza. Abrir la nevera, pasear por la casa con el síndrome del bocadillo de chorizo a cuestas o del trocito de queso manchego, o de la magdalena vespertina mojada en café —la misteriosa, evocadora magdalena de Marcel Proust— y encontrar alguna de esas piezas que ayudan a pasar el mal trago. Te salvan de todos los males.

El efecto colchón de los yogures, que son los que más sacian, dura hasta que empiezas a encontrarles el sabor a medicina, el sabor artificial y a conservante. Tarda en aparecer, lo que prueba lo bien hechos que están muchos, pero es otra alarma psicológica inevitable.

La fruta es otro hartazgo. La compras por obligación hasta que se empieza a pudrir encima de la mesa. Su putrefacción es una prueba irrefutable de lo que tardarás en abandonar. Pero bien empezamos si nos ponemos en ese supuesto. Me aprieta el hambre, voy a acercarme al frigorífico para atrapar algo. Tampoco quiero ponerme a hacer ninguna crítica ahora porque la sola sensación del recuerdo de algunos platos abrirá mi apetito. Creo que escribiré un par de ellas después de comer, cuando no haya riesgo. Esa mera evocación me trae al recuerdo un foie bendito que me zampé el otro día en uno de esos restaurantes, pero no sé qué era mejor, si el foie ese o los callos que me pusieron en San Mamés, que presumen de ser los más caros del mundo.

¡Alejaos de mí, fantasmas del vicio, de la perdición!

Sólo vivo hoy por presentarle un cuerpo atlético a la generosa Julia, una mujer que por una vez y sin que sirva de precedente, se ha fijado más en mi talento que en mi aspecto de foca andante recién escapada del zoo.

Tampoco debo exagerar. Antes también lo hicieron otras, pero por descarte. Yo siempre fui la última posibilidad entre mis amigos. El primero era Juanito. Muchas se empeñaban en hacerle un hombre, pero no hubo forma ni manera, a pesar de la persistencia tentadora de muchas. Yo me quedaba con las amigas de las tías cañón que le querían volver loco. Con algunas he tenido experiencias felices, con todas he aprendido muchos de los misterios de la vida y el alma insondable y atractiva como las simas y los pozos profundos de las mujeres.

En la infancia también tuve amores. El primero que recuerdo fue por la señorita María Jesús, que comía fresas en los recreos y nos explicaba con muñequitos de madera la reproducción, esa lección tabú que los niños de mi generación empezamos a estudiar con personas en vez de con mosquitos y mariposas, como lo habían hecho nuestros padres y tíos o hermanos mayores en los colegios de curas y monjas.

A la señorita María Jesús, que lucía melena rubia reluciente, una boca carnosa y usaba pantalones vaqueros bien ajustados que acompasaban sus andares de nórdica sensual y distante, la dejé cuando le dio por pegarme con la regla en la mano. Fuimos la última bandada que sufrió el castigo físico tolerado en las aulas. Además me incomodaba un tanto su presencia desde que mi madre le desveló como un secreto a voces, con su habitual discreción: «Hay que ver. No sé qué le da usted a mi hijo, que no habla de otra cosa en casa. Yo creo que le tiene sorbido el seso».

Desde entonces hice un esfuerzo psicológico para que dejara de interesarme y me alejé poco a poco de su vera. El plan dio su fruto. Acabé cogiéndole la manía que se merecía y luego, con los años, me he dado cuenta de que su personalidad respondía a la de una sádica.

Entonces tenía nueve o diez años y no recuerdo aquella historia de amor como un trauma. El primero llegó a los doce, cuando empezaba a rozar la adolescencia. Estábamos todos inmersos en el abismo del cambio de nuestros cuerpos. Los teníamos a flor de piel y a disposición de la vida. Las niñas empezaban a mostrar sus misteriosos bultos por debajo del uniforme a cuadros. Todas nuestras caras, las de ellas y las nuestras empezaban a parir en erupción granos y pelusillas.

Nos inquietaba ver nuestros pelos bajo el pantalón corto. Pensábamos además que si nuestros sexos iban sembrando un nuevo contorno rodeado de pelambre, era algo que también estaba ocurriendo, sin duda, en sus zonas prohibidas. Nos colábamos en sus baños y las sorprendíamos con las bragas por debajo de los tobillos. Provocábamos tropezones accidentales que acababan con las manos en sus senos incipientes y luego entrábamos a clase de religión donde estudiábamos en el *Catecismo* una lección que sería el centro de muchas de nuestras vidas: la concupiscencia.

Yo me fui a enamorar de Verónica, la niña recién llegada de México, a quien recuerdo que le gustaba el tabasco con que condimentaba los perritos calientes que nos zampábamos en pandilla en la Plaza Porticada. La atracción era puramente física: tenía las tetas más grandes y su habla dulce nos aturullaba a todos.

Verónica vino y se fue. Duró un año en el colegio. Volvió a su país después de haberme abierto los ojos y cerrado el camino de mi amor imposible. No íbamos juntos a clase pero sí hacíamos la misma ruta de autobús y las ventanas de mi casa daban a su calle. Yo me pasaba las tardes de los sábados pegado a ellas para ver a qué hora salía, con quién iba.

La perseguía. Juanito sabía muy bien lo que sentía por ella y pronto adivinó todos mis males. Él siempre me acompañó en mis acosos, que, ya fueran románticos o carnales, resultaban siempre igual de frustrantes. Incluso hacía de alcahuete sin que fijáramos planes en común.

De Verónica me gustaba todo. Nos trataba de usted. La vimos pegarse con algún compañero común, al que zurró de lo lindo y al que, por supuesto, retiramos el saludo. Silbaba entreabriendo la boca con la lengua o con las dos manos. Se burlaba de las niñas cursis. No estudiaba apenas, pero se mostraba brillante en las clases cuando alguna profesora celosa de sus encantos y que se había propuesto bajarle los humos tórridos que había importado del país del picante, trataba de pillarla in fraganti. Era el aire fresco, la lengua viva y la mejor repartidora de sonrisas.

Un día, Juanito y yo conseguimos quedar con ellas, con Verónica y sus amigas. Fuimos al cine a ver *Rocky*. Recuerdo que Sylvester Stallone le entusiasmaba. Lo mismo que a Juanito, que ya empezaba con sus mecanismos inconscientes de defensa a hablar de él y cacareaba lo bueno que estaba con los músculos bien puestos y su cara torcida, además de lo que le había impresionado cómo tragaba la yema de huevo antes de salir a correr por las calles de Filadelfia.

A todos nos parecía raro, pero creíamos que eran tácticas suyas para conquistar. El caso es que conseguía el efecto contrario al que buscaba. Verónica cayó en sus garras confusas y yo me quedé con tres palmos de narices, pendiente de sus palabras amables y de sus risas cómplices. Pese a que congeniábamos en el carácter y nos llevábamos bien, a ella sólo le interesaba ya el físico en un hombre.

Aquella tarde de cine de sudor, gimnasio, mamporro y monosílabos de Stallone, cuando también me enamoré de la belleza escondida de Talia Shire, la hermana de Coppola, que hacía de su novia patosa y feúcha, aprendí una lección que nada ha conseguido derribar: las bellas mujeres que dicen buscar en los hombres inteligencia, brillantez, simpatía y bonhomía, mienten.

Todos mienten: ¿Quién no se ha topado alguna vez con algún personaje física y psicológicamente mediocre que al ver a una mujer guapa con un hombre gordo, feo o viejo no se haya preguntado qué hace con él?

Parece pecado. Es pecado, por mucho que *La bella y la bestia* nos transmitan la moraleja contraria. O por muchos *Shrek* que el cine les enseñe a los niños. Por cierto, que es una película que al final sucumbe al mismo prejuicio. La princesa se convierte en fea para que sea digna del ogro. ¿No la podían haber dejado con la facha de Cameron Diaz? No. No se lo tragarían.

Hablando de tragar. Voy a ir calentando la sartén para echar al fuego mi filete a la plancha. Le untaré un poco de aceite por encima para que no sepa a carne quemada. La sartén debe estar muy caliente para conseguir el punto perfecto, hecho por fuera, rojo por dentro. La sal, después, para que suelte bien el jugo.

Parto también un tomate, al que aliño con ajo, aceite y sal para acompañar la previsible aspereza de la carne.

Llevo la comida en una bandeja al salón para acompañar mi soledad con el telediario. Espero no atragantarme con las últimas chorradas del gobierno o con alguno de los líderes internacionales petardos que nos han tocado en esta nueva era de mierda, mediocridad campante, arbitrariedad institucionalizada, competición amoral de desmanes, fabricación improvisada de enemigos con Aznares, Berlusconis, Bushes y Blaires disparatados...

Espero pasar pronto el trago y que me sorprenda el sueño merecido de la tarde. Como rápido. Se nota la ansiedad, apenas mastico la carne, impongo un ritmo en el que no distingo el sabor agridulce del tomate y casi no percibo ese resquemor placentero en el paladar del buen aceite de oliva virgen. Encima bebo agua fría para rematar el asesinato indiscriminado de los sabores. Si supieran los sibaritas del periódico que su crítico gastronómico come así, le despedirían.

En la televisión aparece un reportaje de manipulación genética de alimentos, en el que salen los invernaderos de Almería y concretamente los tomates que exportan a toda Europa a gusto del consumidor. Me aterra la idea; aunque no me proponga morir acabarán matándome los demás.

Le sigue otro informe sobre las vacas locas. Ya no estamos alarmados, pero este año, los casos han aumentado un cuarenta y cinco por ciento más. En fin, que el telediario me está amargando la comida. Pero es algo que viene bien para la causa, porque hace desaparecer el hambre. Miro el tomate y el filete, que está templado y a medida que se enfría pierde todos los alicientes, mientras pienso que son el veneno de mis días. Pero cambio de canal y me esfuerzo en eliminar de cuajo la información. Enseguida reaparece el apetito y sigo comiendo lo que queda en la bandeja.

Con el ansia frenada siento que he vencido el primer combate del día: traspasar la barrera de la comida sin una tentación. Mantengo fuerte la voluntad mientras relativizo todas mis sensaciones.

«Si, total», me digo a mí mismo, «no es para tanto esto de ponerse a régimen».

## 7

## YOGUR

En duermevela escucho conversaciones absurdas que se escapan de la televisión. He disfrutado de un sueño más o menos profundo de 40 o 45 minutos. Voy abriendo un ojo. La claridad del salón hace que me pesen algo más los párpados y las cejas. Tengo la boca seca, el aliento indómito, noto los labios un tanto agrietados por el efecto de los primeros vientos fríos.

Una señora, que asegura que se perdió comiendo a todas horas y a escondidas bocadillos de mortadela, habla de sus problemas personales delante de algunos millones de personas. La mujer se cuela en casa y yo no he pedido a nadie que me cuente nada pero la dejo entrar y no apago el televisor porque no es lo que más me preocupa en este momento.

Estoy concentrándome en la idea del primer café vespertino. Pero me tengo que levantar. Mis 130 kilos, arriba, en pie. Espero. Estiro un brazo para tocar el suelo. Lo apoyo para hacer de palanca. Hago un primer esfuerzo. Me rindo. Suspiro. Me incorporo a medias, sentándome, y reposo la espalda sobre el sofá.

Ya cuesta menos levantarse. Tengo agua a mano en la mesa. Bebo un vaso y eructo con sabor a cebolla roja, la misma que he metido en esa ensalada inocente pero reincidente que he comido y que va a extender su eco por debajo de mi campanilla toda la tarde. Lo veo venir. Bebo otro sorbo y me digo con voz interior firme: «A la de tres».

De pie. Estoy de pie. Voy a la cocina y la señora de la mortadela me persigue con su murmullo y su peregrinación por no sé cuántas clínicas para ponerse a línea. Tiene un peso medio y figura amorfa de ex gorda. Su testimonio es, según oigo, «un ejemplo a seguir». Se lo sugiere la cursi, la relamida de la presentadora, que no debe de comer otra cosa que pomelos y barritas dietéticas. Es morena, lleva la sonrisa fingida de casi todos los personajes diabólicos que nos narran la vida por la televisión y tiene una edad indeterminada, que puede estar entre los treinta y los cincuenta.

En la cocina me abstraigo de los traumas del español medio que ve la televisión por las tardes y preparo mi café brasileño en la cafetera italiana que compré hace poco, harto de la uniformidad que imprimen en el gusto las melitas. Lo pongo a hervir y vuelvo al salón con curiosidad malsana.

La presentadora, que ahora se ha sacado de la manga un gesto circunspecto, peor fingido aún que su sonrisa de hija buena y que yo, cuanto más la veo, más me convenzo de que no tiene nada dentro, introduce ahora al héroe de la tarde: el doctor Juan van der Meer, el mago que ha borrado de la vida de Rosario, la mujer del testimonio, los bocadillos de mortadela.

El médico, que no puede disimular su herencia holandesa, nos sugiere que comamos, al menos, tres piezas de fruta al día, porque así, además de regularizar nuestras funciones intestinales, prevendremos el cáncer.

La presentadora robot da paso a la publicidad con un plano en movimiento que nos muestra a todas las invitadas de la tarde. Están de buen año, se ríen, saludan y piensan seguramente en la merienda que les va a dar la cadena de televisión al terminar el show y que hará inútiles los consejos del doctor Van der Meer. Inmediatamente después, una voz femenina sincronizada con una mujer en mallas que engulle una cucharada de yogur nos recuerda: «Vital Sana patrocina este programa».

El anuncio da ganas de tomar uno parecido, pero no voy a ser tan lerdo de responder al efecto que ellos buscan. Debo respetar en mí ese carácter rebelde que no quiero que pase a la historia. «Ahora, por mis cojones, no me lo como», pienso para adentro. Vuelvo a la cocina, donde ya se nota el olor denso y a atmósfera rural que regala el café recién hecho de las italianas. Me lo sirvo para que vaya enfriándose en la taza y decido tomármelo con los consejos del médico, a ver si puede aportarme alguna ayuda útil para hacer más llevadero el calvario.

Todavía siguen con la publicidad: coches que te suben a las montañas rocosas para rematar el medio ambiente y acabar de joder los acuerdos de Kioto; medicamentos para prevenir los primeros gripazos; detergentes que de tanta blancura te pueden dejar ciego; electrodomésticos mil veces más rápidos, infinitamente más sencillos de utilizar; coca-colas que unen al mundo; cereales que te hacen hasta más listo; sopas instantáneas que pueden quemarte el esófago si las tomas tan humeantes como aparecen en la imagen; bancos que regalan vajillas si les confías un plan de pensiones o haces la revolución con una de sus hipotecas...

El café ya se ha enfriado lo suficiente para sacarle su mejor sabor. Vuelve la presentadora que ha cambiado el gesto y la actitud y sonríe para seguir, por su cuenta y riesgo, con la publicidad de los dentífricos.

El médico va a llevarse al personal de calle, va a sacar tajada porque habla con esa apariencia de sentido común que dan los mejores farsantes, los trileros de mayor talento. Tiene buena presencia y debe de ser amante del caviar, los percebes y las perdices, cosas de bocado, de pequeña ración que no le obsesionen tanto como para apartarse de sus verdaderos objetivos.

Es el yerno ideal, rubio, de pelo ondulado no excesivamente largo, bien vestido con un traje oscuro y una corbata naranjona, de esas que están de moda ahora entre los ladrones de guante blanco y causan estragos entre las mujeres que buscan ricos herederos o especuladores.

No dice tonterías y es muy didáctico. Las invitadas, que seguramente han ido a la peluquería por la mañana y se han puesto traje de domingo, le escuchan embelesadas, con las manos cruzadas en la entrepierna y atentas a los carteles que les manden aplaudir o reírse, según convenga. Da consejos sabidos: beber agua, hacer ejercicio, no comer entre horas, huir de las frituras, de las salsas...

La presentadora que lo mira con su candidez robótica, computada, programada, no deja entrever la más mínima señal de comportamiento natural ni cuando le adula. Con el guión en la mano, da paso a las preguntas del público.

Ya todos nos hemos olvidado de la mujer de la mortadela y esperamos nuevas emociones en directo. Rompe el fuego Amalia, una oronda ama de casa madrileña, de más de cincuenta años, que demuestra tener esas tablas naturales que dan ser la graciosa de las meriendas con picatostes y los desayunos con porras entre las vecinas del barrio.

—Doctor, yo es que lo tengo dicho a mis amigas que quieren ponerse a régimen pero no pueden, entre otras cosas porque están todo el día con el ejercicio físico que da limpiar los platos y hacer las camas, quitar el polvo y sacarle las manchas de aceite de la ropa que los maridos traen del taller, ¿sabe usted? Que no se hagan líos, doctor, que se dejen de ir a...

En ese momento, la máquina con ojos la interrumpe, con un tono programadamente enérgico.

—Amalia, le ruego que sea breve.

—Ya, ya, acabo, dice la invitada.

Las demás ni se ríen, ni se indignan y el médico, que es de los que no deben perder el dominio de las situaciones ni con cinco whiskies, esboza una sonrisa cómplice, pero no se sabe con quién, si con la presentadora o con la invitada, es un animal del doble juego, un prestidigitador de dos caras, un sibilino.

—No sé ni lo que estaba diciendo, hila la espontánea.

—Decía que usted les aconsejaba a sus amigas: ¿Qué? ¿Qué les aconseja usted, Amalia?

—Ah, sí, eso, que yo las digo que no se hagan líos, ni se confundan, que en todos esos anuncios de la radio y la televisión, que te ofrecen el oro y el moro y que te vas a poner como una modelo de ésas o como una presentadora de televisión, que eso son sacaduros, porque ustedes ganan mucho por consulta. ¿O, no, doctor? Vamos a ver. ¿Cuánto se lleva usted en un día de pasar visitas, por ejemplo?

El descaro hace gracia al público, que se ríe con una espontaneidad que no responde a los carteles que les ordenan lo que hay que hacer dentro del plató. La presentadora no tiene más remedio que terciar.

—Amalia, vamos a ceñirnos a los aspectos exclusivamente médicos del asunto. Eso, el doctor no nos lo va a contestar.

—Yo no tendría inconveniente, salta el médico maquiavélico, que sabe que cuenta con el apoyo incondicional de la presentadora.

Pero el detalle no le ha gustado a ésta, que por primera vez se muestra humanamente pérfida y cambia el tercio porque el médico la ha dejado sola ante el peligro y, como no quiere aparecer como la mala de la película, gira el paso.

—Pues si no tiene inconveniente, doctor, cuénteselo a los telespectadores.

—No, no tengo inconveniente en decírselo a los pacientes caso por caso, pero los precios oscilan y para no crear confusión responderé después a quien me lo pida. Lo que sí les puedo asegurar es que nuestro centro, Figura XXI, se ha convertido en uno de los más respetados por sus magníficos resultados y su eficacia con nuestros pacientes.

—¿Otra pregunta?

He terminado el café y no estoy dispuesto a perder más el tiempo. Esto no me va a llevar a ninguna parte y debo pasar a la acción. Decido no seguir viéndolo para no sufrir una úlcera inútil y me preparo para dar un paseo por la Dehesa de la Villa. Pero antes voy a tomarme un yogur para aplacar la amargura del café.

Me convenzo de que el efecto de la publicidad ha desaparecido y con él mi ración rebelde del día. Elijo uno de melocotón. Me gusta comerlos con cuchara sopera. Así, la plenitud fresca del líquido me llena más la boca. Lo ventilo en cuatro cucharadas bien surtidas mientras escucho de lejos el murmullo de la televisión, que no he apagado.

El yogur me gusta desde niño y en todas sus formas. Pasa como con los helados o lo quesos, como con todos los derivados de la leche: podría vivir de ellos. Lo tomaba natural con azúcar, con trozos de piña, de fresa, macedonia; líquidos, con sabor a plátano, pero no a fresa; me gustaba y me gusta con trozos de fresa, pero no con sabor a fresa. Cada uno tiene sus manías.

Me recuerda a mi padre, que se devoraba los de limón. Había que comprar un paquete de ocho para él y se los ventilaba en dos días. Los revolvía hasta convertirlos en una pasta sin grumos, perfectamente hilada, sin moléculas traicioneras que lo desgajasen en burbujas, sin mancha. Yo he adoptado la misma manía, casi religiosa, casi como una patente, que nos diferencia de los demás. A mi padre y a mí, ante todos, y sobre todo de mi madre.

Lo malo es que ahora, al hacer eso, compruebas que eres víctima de un timo continuado porque el volumen del producto baja hasta la mitad. Nos toman por idiotas y tienen razón, porque reincidimos. Nos lo merecemos porque la pereza nos vence. Y el mundo no debe ser de los perezosos, ni de los que nos rendimos con facilidad.

Yo he sido siempre así: perezoso, vago, un vencido. Ya me llega la debilidad. Lo noto en el carácter. Sin estar a régimen, a estas horas, andaría de tertulia en algún restaurante ejemplar, con algún camarero o con algún amigo discutidor y polemista que habría pulverizado mis argumentos derrotistas y escépticos. Pero al menos, estaría discutiendo. Ahora me he enzarzado en una polémica conmigo mismo que no sé adónde me va a llevar.

He dejado ya mi casa y esa tortura de la televisión vespertina, arrastrado por los pensamientos del yogur. Me he puesto una cazadora y unas zapatillas de deporte. Es la hora en la que los niños van saliendo de los colegios y se bajan de los autobuses. Algunos me miran, cuchichean con sus padres, o con sus hermanos y con las chicas que les van a buscar a las paradas con la merienda preparada. Sé que soy su monstruo de la tarde con mis andares lentos, mi cuello inexistente y mi papada de rana verde.

Muchos se ríen sin guardar las apariencias. Me gustaría desaparecer, o mejor, transformarme en ese sueño que tanto me hace sufrir, tan recurrente en las noches cojas en que me secuestra traicioneramente el sueño de las malas digestiones.

Me asalta muchas veces últimamente. Consiste en que voy andando tan tranquilo por la calle y, de repente, una corriente de aire me alcanza por la entrepierna y me pone a volar en posición horizontal. Yo quiero que sea a baja altura, pero no puedo controlar la ascensión y subo, subo, subo, sin poder parar hasta verlo todo a vista de pájaro noble, de águila o de buitre. Creo que me voy a caer, pero ni me caigo, ni consigo bajar a la altura en la que podría tenerlo todo controlado.

A veces me he despertado moviendo las piernas, como si quisiera evitar una caída segura. Aun así, hoy prefiero esa angustia a seguir andando por la calle y observar cómo los niños, entre cinco y diez años, no más, porque a partir de esa edad ya vamos barnizados con el ácido de nuestra hipocresía o de nuestra educación, como quieran llamarlo, se pitorrean de mí. Aligero el paso para alejarme de la zona ocupada, es decir, la zona en la que los niños aterrizan del colegio a sus casas, para no ser blanco de sus maldades como lo fui en mi infancia.

Llego a los caminos de polvo de la Dehesa. Allí me encuentro enfrente Madrid y debajo la Universidad. A mi lado pasan los jubilados, los funcionarios de tarde libre y paseo diario, los infartados con su ruta sin grandes desniveles para bombear lo que les quede sano del corazón, los ciclistas, las pandillas, las parejas furtivas, que seguramente esperarán a que anochezca para excitarse en alguno de los bancos del parque o entre los hierbajos y bajo los pinos, con sus cuerpos recién estrenados en los fluidos del amor.

Atravieso las ruinas en las que algunos grupos juegan a las cartas y al dominó. Tienen las pieles curtidas de pasar horas al aire libre. Encuentran en el parque el particular sustituto de la plaza de sus pueblos, donde antes de la guerra o en los años del hambre pasaban las horas a la intemperie.

Allí me siento más seguro. El mundo de rechazo de los niños, tan seguros de sí mismos, tan exclusivos, tan insensibles, tan hirientes, queda lejos. Entre enfermos, entre seres que aprovechan sus últimas horas como pueden, que apuran el tiempo y la música de la vida, vivo más cómodo, más consolado por sus taras, que en muchos casos son perores que las mías.

Es bueno observar. Mejor que ser observado. Juanito y yo echábamos muchas tardes viendo pasar a la gente. Así tomas conciencia de la individualidad, de lo distintos que somos cada uno. Hay que pararse a ver los rostros del prójimo, porque nos dicen mucho sobre nosotros mismos.

El paseo me va a despertar el hambre y no he traído una triste manzana que llevarme a la boca. Antes de volver a casa pararé donde Julián, el charcutero, a comprar algo de jamón y queso fresco. No voy a esperar ni a que caiga el sol. Me gusta la vista dorada de los atardeceres sobre Madrid, le dan una elegancia decadente, una apariencia de ciudad con medida humana, que necesita desaparecer cada día para volver después con energías renovadas.

En la Dehesa, los atardeceres dan mejores impresiones, enseñan muchas cosas. No me extraña que sea el vicio de muchos enamorados, a ellos también les debe enseñar que las felicidades son pasajeras, que se diluyen con la rapidez con que el sol se enciende por el Este y se apaga por el Oeste.

Doy la vuelta por el mismo sendero. He tenido al sol de espaldas y he visto la ciudad resplandeciente. Ahora lo encaro en su bajada, pero no me quedo a contemplar cómo desaparece. Llego donde Julián, que se alimenta de lo que va picando aquí y allá entre jamones, lomos, chorizos, salchichones y quesos manchegos durante el día, mientras atiende a los clientes. Me cuelo en la tienda en la que no hay ahora nadie que le dé palique, porque se puede tirar veinte minutos con cada uno para dejarnos a todos contentos.

Él vive recluido en su local, resiste la huella monstruosa de los supermercados y de las grandes superficies, contra los que compite a base de convencer a los vecinos con buen género. Tiene los mejores embutidos y los mejores quesos del barrio. Acudir a su tienda al menos una vez por semana es, por mi parte, un acto de resistencia, una declaración de principios.

Está haciendo pedidos. Lo deja todo. Se nota que soy uno de sus mejores clientes.

—Hola, Ramón. ¿A por qué vienes?

—A por un poco de jamón y queso fresco, Julián.

—¿Qué te vas a llevar? ¿Paletilla ibérica?

—Algo de eso, unos 150 gramos; también jamón york, un cuarto. Y un poco de queso fresco. Nada más, que me he puesto hoy a régimen.

Julián sonríe y se limpia las manos en su delantal de charcutero clásico con rayas verdes y negras. No sabe qué decir. Por una parte le haré perder negocio; pero, por otra, sabe que mi decisión no es un capricho.

—¿Te han puesto a plan, entonces?, dice mientras descuelga el jamón de la pared.

—No. Me he puesto yo a plan. Voluntario.

—Bueno, eso está mejor. A conciencia. Está muy buena la paletilla. Las que me han mandado ahora salen de lujo. ¿No quieres que te prepare una entera para estos días?

—No creo que sea recomendable.

—Si el jamón ibérico no engorda, ya lo sabes.

—Depende. No engorda si nos controlamos. Pero con uno en casa, no sé yo. Además, no. Me va a entrar mucha ansiedad de comer pan, porque a mí como me gusta el jamón es en bocadillo.

—Y con esto que te estoy poniendo, ¿qué piensas hacer?

—Esto me lo comeré a pelo, por matar el sincio.

—¿Sincio? ¿Qué es sincio?

—El gusanillo. Lo decimos en mi pueblo: sincio.

Me llevo la bolsita con mis 150 gramos de jamón, el cuarto de kilo de york y el queso de Burgos. He sido bueno. No comprar todo lo que te comerías es clave. Compruebo que no ando flojo de autocontrol. Los niños ya no pasean por la calle, se han retirado a sus casas, a echar a dormir sus maldades. Todavía queda un rato para la cena. Me haré un té caliente, leeré, escucharé música.

Es lo que hago al llegar. Bueno, no, primero entro y voy a descargar la vejiga. Ya se van produciendo las primeras eliminaciones. Es otro de los estorbos de los regímenes. Estorbos y pruebas fehacientes de eficacia. Si meas, pierdes. No me he pesado. No pienso hacerlo. Esa carrera contra la báscula es una tortura psicológica. La pelea contra las máquinas es absurda, me aterra. Tampoco me he tomado la tensión, ni me he hecho análisis de sangre. Ya veré. Quizá dentro de unos días cuando tenga las medidas y los números más a mi favor. Ahora debo de llevar disparados el ácido úrico, el colesterol, todos los índices desbordados...

He soltado un pis a presión, como el agua enjaulada de un pantano a punto de reventar. Bebo agua. No se me tiene que olvidar beber agua. Caliento un poco para el té. Pongo *Falstaff*. Hoy tengo cuerpo de *Falstaff*. Necesito el poder moral, la fuerza artística que da la conjunción de sus dos genios, Shakespeare y Verdi, enlazados a través de los siglos. Me descubren nuevas cosas de la vida, o me recuerdan lo que ya sé, que tampoco es un ejercicio que haya que apartar en un rincón.

Hoy no habría desprendido tanta alegría vital sir John. Menos mal que nos queda la prueba de su clasicismo, que nos da esperanzas y puede remover alguna conciencia. Pienso en el secreto de su mensaje, el que llevó a Verdi a decir adiós con esta declaración de principios hecha alrededor de un gordo orgulloso de su barriga, que se mira el abdomen y exclama: «Éste es mi reino, lo agrandaré».

Su físico era invencible, hablan de su «panza terrible y engreída». Cultiva una certera conciencia que le identifica a él plenamente con su aspecto cuando dice: «Si Falstaff adelgaza ya no es él». Pero, aunque su orgullo es aleccionador, despierta a su alrededor el mismo desprecio que provocaría hoy en quienes le llaman barril, rey de las barrigas, voraz ballena, gordinflón, odre de salpicaduras y de lodo, destrozacamas, rompejubones, vaciabarriles, desfondaasientos, revientacaballos, globo de impureza, rey de los panzudos...

Con Falstaff y sus cantos a la carne y al vicio; con Verdi, su patada en el culo al universo y su certera conclusión: «Todo en el mundo es burla», voy preparando los ingredientes de la cena sana que me toca con un pequeño, ligero sentimiento de traición hacia lo que estoy escuchando que no es total gracias a que mato la gazuza con algunas tapitas de la paletilla ibérica.

Bato huevos para una triste tortilla francesa, saco del envoltorio algunas lonchas de jamón york y parto algunos trozos de queso. De postre, tomaré algo de fruta. Quizá me haga una macedonia. Sí. ¿Por qué no? Pero para comer dos horas después de lo salado. El único obstáculo que encuentro es la pereza. También que no me gustan las macedonias sin plátano. Decido hacerlo de todas formas. Cualquier cosa con tal de que no se me desinflen las ilusiones y que el tiempo corra lo más rápido posible antes de dormir. Así me habré apuntado sin que nadie me lo quite la primera victoria de esta nueva guerra.

## 8

### FILETES A LA PLANCHA

He dormido como un lirón hasta que a las cuatro me entraron ganas de mear. Se me partió el sueño y me desvelé por lo menos hora y media. Pensé en Julia, en lo raro de su insistencia, pero no quiero hacerme ilusiones, he dicho. Me levanto ya. Son las ocho y veinte. Una hora tonta. Siempre salto de la cama entre las ocho y las ocho y media para aprovechar la mañana.

Me haré un desayuno sano y anticalórico: té, fruta y queso de Burgos con esas mermeladas dietéticas. Voy a evitar las tostadas o los cereales por el momento. Naranja sólida, no en zumo, por hacerme ilusiones de masticar algo, el queso que compré ayer, que espero que no se haya secado y sepa a harina con agua y té Earl Gray, que me fascina. Lo tomo con fructosa porque la sacarina le da una peste medicinal que no soporto.

Tengo filetes congelados. Los sacaré de la nevera para que puedan estar listos a la hora de comer. Son filetes de novilla sin nada de particular. Me los pondré a la plancha. Espero que no suelten esa agua que los hace cocerse en la sartén. Hay que buscar la dignidad también en el filete a la plancha, cocinándolo adecuadamente con el aceite muy caliente, un minuto por cada lado, que es lo que le da el punto ideal, para mi gusto. La novilla que me da Carlos, el carnicero, siempre es de primera. Jamás me ha dado esa carne chicle que te plantan algunos sinvergüenzas por ahí y que convierten la tristeza que te produce siempre un simple, mediocre filete a la plancha en cólera divina.

Hoy es el día que prefiero castigarme con la intrascendencia de la comida, el día que probaré a alimentarme por llenarme de algo, por sobrevivir. Evitar el placer es una de las máximas, como aquella vez que me dio por ponerme a régimen monótono, a base de pollo y ensalada y ensalada y pollo, para no tener que pensar siquiera en otras cosas. El único aliciente de aquella prueba era comprar los bichos asados de Casa Mingo, los más tiernos y mejores de Madrid.

Tengo que dejar de pensar en la comida. Todavía no he empezado a desayunar y ya estoy organizando el almuerzo. Ves como esto de la gordura es para el psiquiatra. Por cierto, debería llamar a alguno que me ayude a reforzar la voluntad. Necesito bajar kilos, no ya por coquetería, ni por conquistar a Julia, que lo doy por imposible: por mí, debo hacerlo por mí.

Pero yo, ¿quién soy yo? ¿Adónde voy? Sin familia, sin hijos, sin nadie que se preocupe, ni le importe si me parte un rayo. Un ser condenado a la soledad que cualquier día encontrarán muerto en casa por casualidad, porque entren a medir el contador del agua, o porque alguien se dé cuenta de mi retraso en las entregas. ¿Y si el vencer la gordura me ayuda a derrotar la soledad? ¿Y si encuentro a alguien que quiera compartir mi vida y mis kilos sobrantes? Eso es lo que debería ayudarme a afrontar al psiquiatra.

Todavía es pronto para llamar a la consulta. Antes de las nueve y media no contestan al teléfono. Voy a desayunar con calma y a ducharme. Pongo la radio, o mejor dicho, pongo otra radio, la segunda, la de la cocina. Me gusta estar rodeado de voces en casa por las mañanas. Tengo una en el cuarto, que es la que me despierta, otra en la cocina, otra en el baño, otra en el salón. A veces las cuatro suenan al tiempo y no pierdo cuerda de lo que dicen en ninguna parte de la casa.

Hablan de la bandera esa que han puesto en la Plaza de Colón. A mí me parece la polla empalmada que le ha salido al españolismo ahora que vuelve a sacar pecho; ese que nos lo está jodiendo todo, ese nacionalismo prepotente, de buitres castellanos que todo se lo quieren comer. Qué mierda de derecha española: no cambia. ¿Por qué no dejarán ciertas cosas en paz? Me entran ganas de salir con la bandera republicana para que se jodan estos aznaristas porque esa es la España moderna y descuartizada en la que yo me reconozco.

Lo mismo piensan mis contertulios por las cuatro esquinas de mi casa. Yo escucho radios afines, no esas emisoras que te producen úlcera. A veces las pongo por vergüenza periodística, por eso de que hay que estar al tanto de todo para vislumbrar la verdad. Lo hago hasta que me entra la primera arcada y apago a tiempo. En este país, la izquierda siempre ha jugado con desventaja. Como para darle tres cuartos al pregonero de los nacionales, que les den, pero por el culo.

Bueno, ya me he tomado todo el desayuno. Prefiero no pensar si me ha saciado o no. Sí, parece que sí. Estoy normal. No necesito comer más. Ya se me va humedeciendo la legaña. Me miro al espejo y cada vez me pesa más abajo la papada, cada día me cuelga más, me baila más. Antes, cuando me ponía a régimen se me notaba en el cuello más que en ningún otro sitio, aunque también hay gente que te lo reconoce en las partes del cuerpo más insólitas. En la nariz, me dijo un día un amigo: «Sí, se te nota en la nariz». Yo tengo una nariz normal, no espanta a nadie. Pero al parecer también atrae grasas, será porque ya no me caben en otras partes del cuerpo.

Me reviso de arriba abajo, me han salido nuevas verrugas. Me dijo el dermatólogo que eso era genético, que paciencia, que además los sudores las multiplican. Bueno, una vez al año me las queman y listo. Ahora me ha salido una en el puto centro de la papada. Quitar eso debe de doler. Vale. Me desnudo mecánicamente, dejo por hoy en el espejo mi desnudez prohibida, mi fotografía personal del tormento que es mi cuerpo deforme y estriado.

La barriga ya me sobresale por encima de la minga, eso es alarma máxima, eso es un mes de sacrificio. Pero es lo de menos, porque lo que sí me sobresalen son los pies y lo que veo ahora, estupefacto, es que me ha desaparecido el dedo gordo del pie derecho. Joder, no es la nublazón de la mañana, no es una legaña atravesada, no es mi miopía leve, mis dos dioptrías no me pulverizan el dedo gordo a esa distancia.

Subo el pie, lo apoyo en la bañera. No está, que no está, que ha desaparecido. Pero yo lo puedo mover, lo muevo, noto los huesos porque suben y bajan, sin embargo no lo veo. Me miro el otro pie. Está entero. Por lo menos conservo un pie entero. Apoyo el derecho en el suelo, incrusto el dedo gordo o el espacio vacío de mi dedo gordo sobre el suelo. Noto que lo toca, que llega.

Esto es un delirio, no puede ser otra cosa. Un delirio. Con más razón debo llamar al psiquiatra. Pero ahora mismo, o no lo haré nunca. Nada. Mejor lo dejo. Si él me ve el dedo que yo siento pero no distingo, peor que peor. Me internarán. Voy a llamarle de todas formas. Son pasadas las nueve. Bueno, primero me ducho, luego le llamo. Entro en la ducha, abro el agua, cierro los ojos, me enjabono con los ojos cerrados, no quiero sorprenderme sin más partes de mi cuerpo perdidas. No.

Me seco, no presto atención ni a lo que dicen en la radio. No sé, no entiendo, no puedo entender. Quiero morder algo, la toalla. Me entran ganas de comer, de beber, tengo la boca seca, la cabeza ida. Me dirijo hacia la cocina, camino normal sin mi dedo gordo desaparecido. Me responden todos los músculos. Pienso en algo contundente, que me lo haga sentir sin lugar a dudas. Recuerdo esos golpes tontos que te das descalzo contra los quicios de las puertas y que duelen la intemerata. Estrello el pie contra la madera. ¡Hostias! No lo veo, pero sí duele. Está ahí, aunque no lo distinga.

Me estoy volviendo loco. ¿Adónde voy? ¿A quién llamo? Cuando digo que los regímenes deben tratarlos los psiquiatras no me refiero a esto, son otras cosas. ¡Cojones! ¿Qué hago? Llamar a Juanito. No, tampoco, no vayamos a alarmar a nadie sin razón. El psiquiatra, sí.

Marco el número. 91 573 41 41. Contestador, dejo mensaje. Digo que volveré a llamar para confirmar una cita. Después me visto. Ropa amplia, pantalones anchos, camisa por fuera, desatada, con camiseta interior, azul. Zapatos. ¿Qué zapatos? Se me alivia un poco el espanto porque caigo en que nadie notará que me falta un dedo a no ser que vaya descalzo.

Si por lo menos me desapareciera el estómago. No, tiene que desaparecer un dedo, una cosa tan minúscula e inútil como un dedo gordo del pie. No sirven para nada, bien mirado. Consolarse así es inútil. El miedo no se apodera de mí por echar en falta un simple dedo, el miedo llega por lo que pueda ocurrir después.

Se supone que esas reflexiones me debían venir con el postrauma, con la cosa ya asumida, pero no; me llegan casi de inmediato. Es la madurez adelantada. Mi madre siempre se lo decía a mis amigas, que yo era un niño muy maduro. Pero lo decía sin pensar. ¿Cómo un niño maduro, al hacerse hombre, va a perder un día de vista un dedo? Imposible.

Necesito salir de casa. Ver gente por la calle. Observar reacciones, respirar aire puro, abandonar esta leonera por ventilar. Abro las ventanas, apago las radios, las luces y salgo. En el portal me encuentro con mi vecino más raro, un ruso que saca todos los días a pasear a un perro. Me da por pensar cosas raras de él, como por ejemplo que debió de comer carne de rata durante el asedio de Stalingrado en su niñez. Por los años, puede ser, si no es difícil explicar un carácter tan arisco. No habla español, saluda con gestos y al perro, un pequeño terrier muy simpático, lo trata como si fuera un prisionero renegado del Gulag. Nos hacemos las señas de rigor: él alza la mano, yo estiro el cuello. Son los buenos días a nuestra manera.

Un profesional de la sospecha como él no nota nada raro. No tenía por qué. No cojeo, me muestro con la sequedad habitual de todas las mañanas. Tengo manía a los rusos, me parecen el pueblo más capitalista y más aprovechado que existe sobre la tierra. Pero son cosas mías. El portero, Clemente, un tipo listo, llano, simpático y eficiente, que me recuerda muy a menudo lo buenos que son los sobaos y las quesadas que le traigo de Santander cuando me escapo, tampoco advierte nada extraño, salvo que salgo algo más pronto de lo normal.

Cruzo al quiosco. La encargada, lo mismo. Me da la vuelta de los cinco euros que le pongo encima y me replica como una autónoma: «¿Qué tal? Bien, ¿no?». Yo le satisfago sus expectativas sin contarle la verdad: «Muy bien, sí. Muy bien». Las aumento, incluso. No quiero que nadie se preocupe, ni me pregunte por mis desgracias, no vaya a ser que me dé por contar la verdad y menos a los vecinos.

Voy a coger un taxi para desaparecer cuanto antes. Debería comprarme ropa. Digo que me lleven a Serrano, que me encuentro pijo hoy y quiero algo de marca. Lo que pueda encontrar de mi talla. Es un taxista perfecto de los que llevan la radio puesta, no fuman y no hablan. El coche apesta a ambientador de pino, que es el más agresivo de todos y se te cuela por las narices hasta arrasar con el olfato y el sabor.

La solución es abrir la ventana y aspirar un aire puro que empape los pulmones. Luego, contar hasta tres, cuatro o cinco mientras lo expulsas. Es el primer momento dulce del día después del trauma. El primer respiro. El taxista, que tiene pinta de matar los gusanillos con chocolatinas, de vez en cuando barrunta y protesta contra esos que conducen lento o dudan o no ponen el intermitente, pero sin exaltarse nunca. Disfruto del paisaje lo que puedo. No quiero pensar en mi dedo desaparecido.

Pasamos por Francos Rodríguez, hemos atravesado la Dehesa de la Villa. Está desierta, como cualquier día de la semana, es un bosque dormido, sin pálpito. El barrio de Estrecho es un Caribe gris con el ritmo de los tubos de escape y las bocinas que matan la sensualidad de los emigrantes. Cada vez hay más locales de Kebab y más locutorios con el aluminio y los marcos metálicos de las entradas pintados. Ofertas a Ecuador, Colombia y la República Dominicana; precios razonables para Chile, México, Brasil; tarifas normales para Marruecos. Cuesta hacer el cálculo de lo que les sale el calor fraterno de una llamada a la cuna.

Algunos pasean ociosos, con esa sonriente nostalgia a cuestas. Otros no saben por dónde deambulan. La mayoría va a tiro hecho. Los que más suerte tienen, hacen alarde de sus uniformes de empleado asimilado. Cuatro Caminos es un mar de polvo por las obras del puente. Lloverá pronto y se convertirá en un nicho de barro pasajero para los transeúntes.

Hay atasco en los puentes de Nuevos Ministerios. No muy serio. Serrano aparece relativamente rápido. Me bajo por Ortega y Gasset. Miro los escaparates, los trajes oscuros, marrones, azules, grises, que no me van a entrar por la talla. ¿O sí? Puede que a algunos de estos diseñadores de la generación de la arruga se les haya aplacado el desprecio al gordo y se hayan decidido a meter tallas grandes.

Entro en la tienda más espaciosa, no me he parado a ver la marca porque, coño, utilizan unos logos tan diminutos, que no distingo. Me gusta y punto. Miro los trajes, las camisas, las americanas de telas acogedoras y forros elegantes. Me fijo en las tallas, 48, 56, 60... Pocas pasan de 60. Voy a preguntar, así salgo de dudas, puede incluso que hagan trajes a medida.

—Señorita. ¿Tendrían tallas para mí?

La señorita, vestida de azul marino, morena, con coleta, esbelta y discretamente maquillada se da un aire de fría computadora andante programada perfectamente para decir lo oportuno a cada cliente. Estoy seguro de que se acaba de comer una zanahoria pelada en un probador. Me habrá visto y estará pensando: «gordo y menos de 1,70», no hay manera.

—¿Qué talla usa usted habitualmente?

Debo reconocer que me ha sorprendido. O es que quiere darme esperanzas.

—La 66 o 68.

—Lo siento, pero no tenemos tallas tan grandes.

—¿Ni en camisas o jerséis? Esta camisa, por ejemplo.

—Me temo que no, señor.

La señorita sonríe y me mira fijamente a los ojos. Tiene todo el tiempo del mundo para mí porque la tienda está vacía, tan sólo la llena un destello de luz azulada y un resplandor claro intenso que le dan las paredes blancas. No explica mucho. No quiere dar falsas impresiones o está deseando que deje la tienda, también, porque un gordo en un comercio tan inmaculado, de una estética tan espartana, siempre desluce. Pero no me voy a ir.

—¿Y no hacen trajes a medida?

La señorita, que tiene aspecto de soltera y eficiente, pero de ser mujer sin sustancia, sin gracia y sin aventura, sigue sonriendo, con el pómulo prieto y los ojos cada vez más inyectados en sangre fría.

—Sí los hacemos, pero no en esas tallas.

—Ah, ¿no? Si son a medida, ¿por qué tiene que haber límite de tallas?

—No lo sé, señor. Son decisiones de la casa.

Ya se le ha agotado el discurso. Se le han saltado las notas esas que les dan en los cursos acelerados de atención al público cuando tratan el capítulo: «Gordo entra por la puerta».

—¿Decisiones de la casa? Le voy a decir lo que pienso: creo que no lo hacen por puro clasismo estético, por pura discriminación.

La señorita escucha con educación. Ni siquiera se muerde la lengua, sencillamente no sabe qué decir. No tiembla, no está nerviosa, pero a partir de hoy temerá el momento en que otro gordo llegue a la tienda.

—Lo siento, señor. No es eso, es sencillamente que al no haber mucha demanda de esas tallas, no se hacen. Sólo eso, insiste ella.

—No hay demanda porque no hay oferta. ¿Ustedes creen que a mí me gusta vestirme como un jubilado? ¿Por qué no puedo ponerme yo uno de esos trajes? Me sentará mal. Pero es que todo me va a sentar mal. Si por lo menos pudiéramos usar ropa bonita, nos iría un poco mejor. Pero es que sus jefes no nos dejan tener gusto. No soportan que sus diseños los echen por tierra cuerpazos como el mío. Y no, no lo sienta. Hágales saber a sus responsables eso. Que hoy ha entrado un elefante en su tienda con derecho a vestirse como alguien de su edad con menos kilos y no puede. Que eso es discriminación.

—Es por eso, señor. No hay demanda suficiente. Tiene que comprenderlo.

—¿Demanda? Sabe usted que más del cincuenta por ciento de la población tiene kilos de más. ¿Ustedes son conscientes del mercado que podrían abrir? Lo que no quieren es que les afeemos la arruga. Adiós, buenos días.

—Buenos días, me responde.

Me voy. Salgo de la tienda como un dinosaurio desbocado. Si no protestamos nosotros nos van a arrinconar todavía más, nos van a meter contra las cuerdas. Todavía tengo mucho que aprender del quijotismo de Ignatius O'Reilly, el héroe de *La conjura de los necios*. ¿Demanda? Demanda no: *apartheid*. Estos monjes de la ropa zen nos discriminan, joder. ¿Que no nos sienta bien su ropa? Pues claro. Pero, ¿cuál nos sienta bien? ¿Qué trapo puede cubrir dignamente estas carnes?

Tendré que volver a El Corte Inglés. Eso por no hablar de los costes. Más gordo, más caro. Otra discriminación. ¿Quién presupone que el gordo es rico? Menuda mierda de país. Nos fríen. Nos crujen. Si nos dejamos, acabaremos vencidos, despreciados, despedidos de nuestros trabajos, mal vistos. Ya ocurre. ¿Cuándo volverán los angelotes de Murillo? ¿Cuándo podremos volver a proclamar la verdad de Falstaff?

El caso es que me he soliviantado. Intento volver a mis cabales. Por la calle las cafeterías anuncian ya sus menús del día. En todos hay ensaladas y filetes a la plancha. Filetes con patatas, con guarnición, los más atrevidos los anuncian con pimientos. Todos y cada uno de ellos tendrán el mismo sabor uniforme a ternera aguada.

En algunos huele todavía a café. No hay ninguno lleno. Es esa hora boba en la que se ha terminado el *break*, que dirían los pedantes. Esa hora en la que apenas hay algún solitario repasando los periódicos o alguna madre con su hija en un descanso de sus compras.

Voy a acercarme a El Corte Inglés de Goya. Todavía no he probado allí las tallas grandes. Si no veo nada me iré al de Castellana, que no falla y hay de todo. Por el paseo me fijo en las mantas. No me arriesgo a comprar nada, porque luego me da pereza devolver las basuras que te venden y acabas tirando diez euros. Hoy han sacado del horno cosas decentes, películas apetecibles, pero ahí las carga el diablo. Vete tú a saber qué se ve. En la manta hay que ir sobre seguro. Yo compro a veces, como todo hijo de vecino y me la sopla toda esa solidaridad del duro con la que te salen esos cantantes de tres al cuarto.

Entro en El Corte Inglés, subo a la segunda planta. No es un día de agobio. No habrá gordos a la cola con esas mujeres que les acompañan a comprar ropa y les tratan, pobres, como sargentos de la legión. Trato de pasar la planta baja lo más deprisa posible, me agobia siempre el olor a perfume y los anuncios de modelos doradas y las dependientas con inflación de maquillaje, las uñas pintadas, los pelos con laca como para provocar un agujero en el ozono del tamaño de África. Es un mundo ideal que me da grima.

La segunda planta es donde nosotros nos sentimos adaptados, realmente. Miraré algún traje y americanas. Pantalones me acabo de comprar. Quizá me decida por una zamarra curiosa, ahora que llegan los fríos. Hay pocos dependientes y están ociosos. Tampoco agobian. Miro los trajes primero. Tienen un surtido aceptable. A lo mejor hoy puedo elegir entre tres o cuatro.

—¿Puedo ayudarle?, me sorprende uno por la espalda.

—Bueno. Estoy mirando trajes.

—Muy bien. Vamos a ver. Permítame que le tome las medidas.

Ya tuvo que sacar el metro. Se ve que los gordos engañamos. Le ha faltado poco. En fin, me someto a la inevitable humillación de que comprueben mi diámetro.

—Estupendo, dice.

No sé qué habrá encontrado de estupendo en medirme la panza y el pecho. Será que hoy no se ha apuntado ni una venta. El caso es que no me dice las medidas, ni yo las quiero saber. Me indica directamente la talla.

—Para usted tenemos esto que ve aquí.

Señala una fila de trajes sosos, grises, azules, nada que se salga de lo corriente.

—¿Con tres botones no hay?

—Había, pero ya no quedan.

—¿Y americanas?

—Americanas puede que me quede algún modelo. Son éstas de aquí. ¿Cruzadas no le gustan?

—No mucho.

Lo digo haciendo un desprecio olímpico a una que me saca azul marino y con botones dorados, que le quedaría de maravilla al capitán del barco del ridículo universal.

El dependiente es un personaje típico de los grandes almacenes. Tendrá unos cincuenta años, el ceño entre juguetón y estreñido que muestran los enamorados del cocido madrileño y seguramente un futuro no muy brillante, salvado básicamente por la emoción de esas semanas en las que hay fútbol los martes y los miércoles. El bigote de rigor luce ya más canoso que su pelo, que deja de ser moreno. Mira fijamente a los ojos y a veces espía los movimientos de algunos compañeros. Debe de ser un chivato de la empresa, a lo mejor es un hijo de la gran puta, ahora que lo pienso. Pues como no me ofrezca algo que me entre a la primera por los ojos, no le compro un clavel. Tampoco entiendo por qué los dependientes de las tallas grandes son todos delgados, ahí los grandes almacenes deberían mostrar algo más de complicidad. ¿Qué coño va a entender uno que no es de los nuestros?

—Mire, de tres botones me quedan estas dos. Se las saco.

Una es color cagalera y la otra de un azul un tanto electrizante pero original.

—Voy a probarme ésta, la azul.

Me la pongo y resulta cómoda, holgada.

—Le queda bien, ¿eh? Perfecta. ¿Le metemos un poco las mangas?

—Pues sí. ¿Para cuándo puede estar? ¿Para el miércoles por la mañana?

—¿Miércoles por la mañana? Sí, podría ser.

—Muy bien. Me la llevo.

—¿No quiere ver ninguna cosa más?

—No, muchas gracias.

—Estupendo.

Estupendo, todo es estupendo. Mi panza de hipopótamo, mi pecho de gorila, que no le compre otra cosa, también es estupendo. Menuda jovialidad la de este personaje. Me hace la cuenta dándole muy fuerte a las teclas, con decisión, con energía, chaca, chaca, chaca.

—Pues para el miércoles a última hora de la mañana lo tiene usted.

—Gracias, buenos días.

—Gracias a usted. Buenos días, me despide.

Le dejo en su tertulia, con los colegas, bromeando, murmurando y, seguramente, haciendo comentarios ultramachistas sobre las clientas y las dependientas. A ver, si no, cómo se mata una mañana tan insulsa cuando eres vendedor en El Corte Inglés. Necesitaría calzoncillos y calcetines. Pero voy a dejarlo para otro día. Tengo tiempo para ir dando un paseo hasta Francisco Silvela. En la calle sigo fijándome en los carteles de menú del día. Voy rodeado de filetes a la plancha, que me persiguen pero no me tientan. No me he vuelto a acordar de mi dedo hasta ahora mismo. Mira por dónde, coño: mi dedo. Debería regresar a casa inmediatamente y comprobar si ha vuelto a su sitio.

# 9

## SETAS

Pedro ya va sacando setas a la calle. Le aguantan fuera muy bien con la fresca. El sol calienta con la timidez de los rayos flojos que dan manto a la humedad en el tiempo de las setas. A mí nunca me ha gustado ir a recogerlas al bosque, pero conozco gente fanática de esa afición. En mi caso, jamás me ha dado por ahí. Me resulta peligroso. Otra cosa es comerlas.

Hoy tiene níscalos y boletus. Estos últimos, a precio de oro. Pero es que son un manjar de dioses. Le voy a coger 200 gramos para hacerme un revuelto o una buena guarnición para el filete. Va contra la filosofía de mi régimen: nada de alegrías, pero tampoco te puedes poner en contra de la madre naturaleza y si ésta nos manda setas en la temporada, pues hay que hacer caso. Con tanto saltarse a la torera los calendarios del planeta con genéticas o trucos que inspira el diablo nos va a invadir a todos el cáncer.

He llegado al barrio antes de lo previsto. Comprobaré mi dedo. Lo siento dentro, lo subo, lo bajo, lo meto, lo saco. Está dentro del zapato, seguro.

—Buenos días, Pedro. Ponme 200 gramos de estos boletus.

—¿Estás seguro, Ramón?, me responde quitándose el jugo de una mandarina que le resbala por la barba.

—Sí. ¿Por qué? Los has sacado para que piquen los pardillos y son una mierda que vendes a treinta euros el kilo.

—Más o menos y el primer pardillo soy yo, porque a veinticinco los compro en Merca Madrid.

—Bueno, pues, he picado, por ahora. Si se me indigestan o me saben a chicle te las bajo y me devuelves el dinero.

—Vale. Acepto la apuesta. Te vas a morir de gusto.

—A ver si es verdad.

—Toma. Seis euros, justos. Mil pelas por una guarnición. Me cuesta más que el filete.

—Es que los sibaritas como tú, ya se sabe. El filete será un solomillo o un entrecot, por lo menos.

—Nada. Un filete corriente y moliente. Por eso me quiero alegrar un poco el plato. ¿Cómo las preparo?

—Ajo, perejil, sal y aceite de oliva. No las vayas a joder de otra manera.

—Así lo haré.

—Pues nada, que te aproveche. ¿No quieres unas mandarinas? Pruébalas, que están muy dulces.

—No, otro día, que tengo fruta en casa y si llevo más se me va a pudrir.

Pedro es un frutero a la antigua usanza, de los que dan todo a probar y te guarda buen género si eres cliente de fiar. Es tranquilo y socarrón. Nunca se altera, rara vez le cambia el humor. Abastece a todo el barrio y a mí me resulta una gran fuente de información.

Subo corriendo a casa para cortar bien el ajo y el perejil para las setas. Abro la puerta. Todo está razonablemente desordenado. Escucho los mensajes del contestador: me ha llamado Manolo, también de la radio y mi madre. Nadie más.

Antes de enfrentarme a la crudísima realidad, me meto a preparar los boletus y saco el filete de la nevera. Prefiero que no esté frío y echarlo a la sartén a temperatura ambiente. Corto con cuidado el ajo, rasgo finísimo el perejil, qué barbaridad que este producto mágico se regale. Con eso de que lo dan gratis, nadie cae en la cuenta de lo revolucionario que es.

Me descalzo antes de meterme en harina. El dedo no ha vuelto. Pero lo peor no es eso. Lo peor es que me descalzo el otro pie y, ¡joder!, también ha desaparecido el del izquierdo.

Ya me empiezo a desesperar. No recupero la ilusión ni con los boletus. Tengo que llamar a un psiquiatra. Rápidamente. O a Juanito, o a mi madre, que por muy imbécil que piense que soy, esto nunca se lo contará a nadie. Pero, ¿qué digo? Acabo de otorgarle una razón histórica: mi madre se entera y al día siguiente aparece en uno de esos programas televisivos de por la tarde contando su drama. Mejor sería que desapareciese ella, como en esa película genial de Woody Allen que forma parte de *Historias de Nueva York* y que un día le aconsejé que viera con cierto sadismo porque, claro, se reconoció al minuto y luego me llamó llorando para preguntarme si realmente la veía así.

Juanito. Sí. Juanito. No, no quiero amargarle. Tengo que guardarme esto para mí. Debo pasar por ello solo.

Y Julia. ¿Qué va a pensar Julia? Debo anular la cita. No puedo hacerla quedar con el hombre invisible. Si en unas horas me han desaparecido dos dedos, el miércoles no seré ni una sombra. ¿Cuántos días quedan? Hoy es sábado. Pues domingo, lunes, martes, miércoles. Cuatro días.

Mientras no se vea, puedo seguir adelante. Y cuando desaparezca por completo... Será mejor. Cuando desaparezca por completo será mejor. Pero, hostias, ¿en qué estoy pensando? Será sugestión.

Voy a cocinar para relajarme. No quiero volver a mirarme los pies. Caliento el aceite con paciencia. Pongo algún disco. Jazz. Algún intérprete de música delgada: Chet Baker.

Tengo esa teoría. Hay intérpretes de música delgada y de música gorda. Chet Baker, con su voz andrógina y su trompeta delicadísima, discreta, es música delgada. Dave Brubeck, con su ritmo rico, Jonnhy Hartman, con esa voz de confesor nocturno, hacen música gorda. Miles Davis, engorda y adelgaza, según. Es un genio. Eso, en jazz. En ópera, Rossini, es gordo, juguetón, sensual y no digamos ya si lo canta Cecilia Bartoli, ese fenómeno. Verdi, también. Bellini, no; Bellini es delgado. Wagner debería ir al médico a tratarse: obesidad mórbida.

Salteo las setas. Crujen con moderación. No se pueden quemar por ninguna parte, el aceite no debe agredirlas. Así que las echo a la sartén a temperatura moderada. Las revuelvo, las mezclo bien con los elementos. El aceite verdoso, el ajo y el perejil, que despiden esa mezcla de aromas emperadores del gusto; la sal, que no se me olvide un puñado de sal, y nada de hierbajos. Moderémonos en los sabores, que sean ellas las protagonistas de mi humilde plato, vamos a vestirlas de reinas de la función así, salteadas a fuego lento, como hacen en Cuenca los de La Ponderosa, esos dos genios de la taberna y la barra.

No quiero ni acordarme de mis pies. Están ahí los dos dedos gordos. Los siento. No los veo, pero los siento, claro que están ahí. Me pondré unas zapatillas, unos calcetines para seguir un poco ciego, hasta que tenga las fuerzas y la mente clara como para enfrentarme al problema. El olor me permite evadirme. Olor a bosque en mi cocina moderna, templo secreto de mi casa solitaria, fría, cobijo de mi vida desordenada, sin planes prefijados a largo y medio plazo. Una existencia que sólo aguarda los tiempos de las horas que separan el día por el mecanismo del estómago: la hora del desayuno, del tentempié, la comida y la cena.

Ya va madurando el salteado, ya se va endulzando el olor primerizo a tierra húmeda y a suelo que corteja el barro. Hay que remover las setas en la sartén. Cojo mi cucharón de madera y desentraño, sin dañar los ingredientes, ese nudo gordiano de sabores salvajes, de olores poco civilizados. Serán guarnición en un plato aparte, no en el mismo donde voy a poner mi filete.

Se me ha escurrido un poco de aceite al suelo. No hace falta pasar un trapo por ahora, creo que voy a poder sortearlo. Al fin y al cabo no veo parte de mis pies, con lo que dudo que resbalen. La muñeca me flaquea al menear la sartén. Hago un esfuerzo más masculino para sacudirlas, pero vuelve a fallar y, ¡coño, no!, se me cae al suelo. ¡Encima del pie! Las setas por el suelo. ¡No, no, no! A la mierda seis euros de boletus. Los recojo ahora mismo.

Pero, joder, cómo me duele el pie, el derecho. Me he quemado. El dedo. Me he quemado el dedo. ¡Pero si no me lo veo! Sin embargo, duele. Por lo menos duele. Es un dolor que me consuela. Me río. No sé por qué me río, si no me veo los dedos gordos de los pies y he tirado por los suelos el consuelo de mi puto régimen. Me río porque al menos los siento. Los pies, los siento. Sí, me los he quemado seguro, fijo.

Me los voy a restregar con aceite para aplacar la quemadura. Suena el teléfono. Ahora no puedo cogerlo. Que deje mensaje, quien sea. Como no me voy a enterar. Suena una vez, dos, tres, cuatro. A la quinta, para. Paró. Los boletus por el suelo, ¡Dios mío! Los boletus echados a perder. Todavía los recojo y les doy otro meneo en la sartén. No, hombre no. ¿Has visto cómo está el suelo? Hecho una mierda. Las setas a la basura, con escoba y recogedor, ahora mismo. Tengo que limpiar el suelo también con la fregona porque si no me voy a resbalar. Mi sueño de sabores, arruinado.

Me voy a comer por ahí. ¿Qué hora es? Las dos menos cinco. No. Me hago el filete, que al fin y al cabo es el plato fuerte, con una ensaladita y a correr. Aquí me lo como, con el telediario. Antes voy a ver quién era el que llamaba. Es Manolo. Tengo que devolverle la llamada, ya me ha dejado dos recados hoy. ¿Qué querrá? Si no hablo con él, no salgo de dudas.

—Sí, le digo yo, que soy el que llama.

—¿Quién es?

—¿Quién es?

—Ah, eres tú.

—Ah, soy yo.

—Sé sincero, Monchón. ¿Cuánto pesas?

—Joder, Manolo. No empieces. ¿Para eso me llamabas?

—Anda, no te me indignes. Esta mañana te has subido a la báscula, ¿y qué? ¿Cuánto marca?

—Esta mañana no me he subido a la báscula. Sabes que no lo hago hace tiempo. Porque el día que lo haga me tendré que poner serio.

—Yo, el lunes, me pongo a régimen, dice Manolo.

Lo sugiere con ese convencimiento que cierra todas las puertas de cualquier cosa que se le interponga en el camino...

—Hasta el martes, continúa.

—Ese día va a ser glorioso, querido. Este lunes, digo. Vas a bajar lo menos 500 gramos.

—Te lo digo completamente en serio. Peso ciento quince kilos con seiscientos gramos.

—Coño, Manolo, te estás abandonando.

—Y tú pesas más que yo, porque lo veo.

—¡Qué cojones vas a ver si hace un año que no quedamos!

—Sí, pero hablamos todas las semanas por teléfono.

—¿Y por teléfono notas si he engordado o no?

—Eso se nota. En la voz lo noto yo. Por la voz me doy cuenta y debes ir por los menos por los 125 o 130.

—Pues por ahí.

—Si estás como la última vez que nos vimos, eso pesarás. Pero como habrás engordado algo, a lo mejor has llegado ya a los 130.

—Pues a lo mejor, no lo sé, Manolo, te he dicho que no lo sé.

—Te conviene pesarte. Yo me he metido en un gimnasio.

—¿Tú también?

—Sí. Deberías animarte. En el que me he metido yo hay de todo, van hasta ministros cachas y además te entrenan unas tías buenas.

—Joder, Manolo. ¿Y Teresa qué dice?

—Nada, ni palabra.

—De las tías no, de que te hayas metido en un gimnasio.

—Pues nada. Tampoco nada. ¿Qué va a decir? Que muy bien.

—No, como eres un exagerao y llegarás con agujetas pues a lo mejor prefiere que no te enredes en aventuras.

—Nada, eso son los primeros días y no mucho.

—¿No mucho? ¿Pues qué cojones de ejercicio haces tú?

—Lo que me dicen. Al principio no hay que pasarse. Tengo que acostumbrar al cuerpo, poco a poco. Un ratito de cinta, otro poco de bicicleta y remo, así se me va la hora.

—Ya.

—No. Te juro que el lunes empiezo el régimen. Y el régimen con la gimnasia, ya verás. En tres meses ni me conoces. Ahora, hasta el lunes, no me privo de nada. Pienso ir al Burger King y pedirme siete Whoppers. Con helado de postre. Por cierto, ¿has probado la nueva barbacoa del Burger King?

—No, y conmigo no cuentes.

—Pero sí puedo contar para ir al restaurante ese del que escribías el otro día. La parrilla esa nueva que han abierto por Plaza de España. Casa Macías, o el Macho.

—El Macho es lo de los sobaos de mi tierra. Tú hablas de Casa Matías. Y no es una parrilla, es un vasco que tiene de todo y muy bueno, de los mismos que el Julián de Tolosa.

—Ah, pues si es de los mismos que el Julián de Tolosa puedo ir mientras esté a régimen a comer chuletón o merluza.

—Entonces la semana que viene quedamos con Teresa.

—El martes.

—Coño, Manolo, si el lunes empiezas el régimen, conviene que te calmes un poco y que hagas vida casera. Aunque con lo reacio que eres tú para quedar conmigo, que me huyes, habrá que aprovechar.

—No, tienes razón. Voy a moderarme. Bueno, ¿y qué tal?

—Pues en este momento, jodido.

—¿Por qué?

—Porque me estaba haciendo unos boletus y se me han ido a tomar por el culo.

—¿Los has quemao?

—No, qué va. Estaban en el punto justo. Se me han caído al suelo.

—Qué bobo eres, coño.

—Ya.

—¿Y tienes algo más para comer?

—Sí, un filete más triste que la jeta de Felipe II.

—De ese rey que llevaba collarín y vivía cerca del Pryca de Villalba como dijo una vez Manolito Gafotas, que creí que me descojonaba cuando lo oí.

—De ése, de ése. Ya sabes que Manolito Gafotas es mi héroe de barrio.

—Y el de todos los niños de infancia grasienta e inconformista. Además se llamaba como yo. O se llama, mejor dicho.

—Ahora, ¿quién coño es tu héroe, Manolo?

—Ya estoy muy mayor para héroes. Desde Indiana Jones, todo ha ido a menos. ¿Y el tuyo? ¿O la tuya? ¿Bridget Jones, por ejemplo, por seguir con los Jones de los cojones?

—No jodas, Manolo. Bridget Jones... Menuda farsante. Va de gorda y ¿tú la has visto? Le sobran cuatro gramos. Vivimos en una sociedad subnormal, realmente, ¿o no?

—A ver.

—Bueno, te cuelgo, que me voy a hacer el filete.

—Yo estoy por irme a comprar un pollo a Mingo. Bueno, quien dice uno, dice dieciséis o diecisiete. Ya te he contado que un día me puse a contar cuántos pollos me habría comido en mi vida y creo que fácilmente llenarían la catedral de Burgos, o la de Milán. Bueno, la de Milán la llenaría de lasañas, así, en láminas y con tomate desbordándose encima de las capillas laterales. La de Burgos creo que es el tamaño para los pollos o para los lechazos también por ser la cosa típica.

—Joder, Manolo, qué metáfora visual. Eres un genio. Deberías dedicarte al cine.

—Tú, ¿cuántas catedrales has llenado de pollos?

—Yo catedrales no, pero estadios de fútbol me salen algunos.

—Estadios no valen, tienen que ser sitios cerrados.

—Ah, vale. Bueno, adiós.

—Dios.

Cuelgo. Este Manolo, qué cosas tiene. Llenar catedrales con pollos. A lo tonto me pongo a calcular. La catedral de Milán no, pero la de Burgos y la de León... No está la cosa como para perder el tiempo con esas memeces. Manolo siempre me distrae con memeces.

Mis pies, lo importante son mis pies. Siguen sin aparecer los dedos. Me hago el filete y la ensalada que pensaba y los acompaño de telediario en vez de boletus. Tengo que ocupar mi mente en otras cosas. La catedral de Burgos tiene una entrada oscura y por eso cuesta calcular el espacio. Sin contar las capillas, puede que sí la llenara de pollos. Pero sólo a ras de suelo. En la de León me es más fácil calcular, hay más luz, más alegría por los rosetones, las cristaleras de colores que cuando se para uno en ellos parece que ya habían inventado el LSD en la Edad Media.

¿Y mis dedos? No quiero mirar. Vuelvo a la cocina que ya estará seco el suelo. Preparo y aliño la ensalada. Echo el filete a la sartén. El aceite muy caliente, como me enseñó mi madre. La sal, después, como me recomienda siempre mi tío el cocinitas. Hay que hacer las cosas bien. Sobre todo las sencillas, que son a veces las más complicadas de todas.

En el telediario, lo de siempre. Llego tarde al de las dos y media y me tengo que tragar el de las tres. El pasquín de la uno y la broma de la tres. Menuda mierda, se empeñan en que no nos enteremos de lo que ocurre en realidad en el mundo. En la uno, propaganda, el Gobierno ha aprobado, el Gobierno ha dicho, siete ministros inaugurando puentes e insultando a rojos y separatistas. Ésta es la España de Aznar a principios del siglo XXI, con la derechonaza trabuconera de siempre, la de los Reyes Católicos y Fernando VII, más de quinientos años de esencias. En la tres, crímenes, records guiness, consejos médicos, estadísticas para subnormales e historias para no dormir, un cuento, para distraer de lo que realmente importa.

«Me cago en su puta madre.» Es todo lo que se me ocurre. Es toda la inspiración que me salta a la mente. Me voy a enchufar un capítulo de *Los Soprano*, que al menos es una obra de arte televisiva a la que me enganché desde que vi a su protagonista, Toni Soprano, acabar de hacer gimnasia e ir directamente a la nevera a prepararse un helado con su hijo y comerse la nata a presión desde el envase.

Ya me he tragado el filete y la ensalada. La carne estaba tierna, Carlos el carnicero ha vuelto a no fallarme; la ensalada, con el aliño justo. He comido bien. Antes de ponerme *Los Soprano* voy a comprobar si han reaparecido mis dedos. Los toco y los noto debajo del calcetín. Me quito el calcetín y no están. Los otros, tampoco. Ya no veo ningún dedo. Han desaparecido. Me alzo. Pierdo el equilibrio. Natural. Lo pierdo porque me faltan todos los dedos de los pies. Pero no debo de haberlos perdido del todo porque todavía los siento. El psiquiatra, esto es de psiquiatra. Un delirio, una negación de mí mismo. ¿Qué explicación puede darme? Me siento y medito. Vuelvo a ponerme los calcetines para comprobar si al tacto de algo que los envuelva responden. Lo hacen. Me los estiro por el borde y noto cómo se mueven dentro, dibujando esa imagen de peces que nadan por el agua cuando te los ajustas.

Están dentro, no hay duda. Vuelvo a levantarme. Ahora sí. Ahora sí aguanto. La planta, los dedos. Lo mejor será intentar dormir una siesta que lo borre todo y despertar más calmado. ¿Cómo? ¿Cómo voy a poder dormir una siesta cuando estoy a punto de desaparecer del mapa? Tengo que pedir auxilio. Llamar a Juanito. A Manolo no, porque me va a volver loco o me va a convencer de que él está mucho peor.

¿Cómo conservar la calma sin volverme loco? Quizá calzándome y dando una vuelta por el barrio. A ver si al ajustarme los zapatos también siento todo como si no hubiese ocurrido nada. Voy a ponerme los más incómodos, estos azules que me hacen callo y rozadura a la vez. Sí, duelen de cojones. Se me monta el dedo pequeño encima del de al lado. Son muy incómodos, tan incómodos como siempre.

Bajo a la calle y nada más pisar la acera meto la suela en una plasta de perro marrón clara y bien fresca, recién puesta. A eso he bajado a la calle, a sortear la mierda de los perros pegada al suelo, porque éste es un barrio de señoritos que han decidido asfaltar de carajones las aceras con sus pobres animales, que no tienen la culpa de nada, por otra parte. Eso que han puesto una maquinita que expende plástico para recoger las caquitas de los cachorros de pijo que andan por aquí haciéndonos a los demás saltar obstáculos e ir con la mirada fija en el suelo hasta que salimos del campo de minas, del que no me he librado yo hoy, por ser mi día de suerte.

Mi indignación va en aumento. Eso es bueno. Veo que se acerca un caniche con su amo y me gruñe.

—¿No serás tú el que me ha dejado este regalito en la puerta?, le digo al perro, que siempre tendrá más entendederas que el amo.

Lo pasea un chaval de unos dieciocho años, que me mira extrañado, como quien observa a un vagabundo borracho.

—Vamos Pichi, vamos, no te enfades con este señor.

—No, si este señor se enfada cada vez que ve cómo decoráis el barrio.

—Oiga, que yo recojo la mierda de mi perra. No se crea.

—¿La mierda de tu perra es esta que nos recibe al salir del portal? ¿Esta que ves aquí, tan fresquita?

—No, señor. Ésa no puede ser, porque los caniches no hacen deposiciones tan gruesas.

—Pues yo no veo otro perro por aquí.

—No es mi problema. Hasta luego.

—¿Cómo que no es problema tuyo? Lo es. ¿Así es como os educan en ese antro de las Nuevas Generaciones? ¿Cómo neoseñoritingos?

—Perdone, señor, pero yo no soy de Nuevas Generaciones ni de nada que se le parezca. Me tengo que ir. Adiós.

Sale disparado como un cohete, tirando de su perra como un condenado mientras ésta ladra con esa vocecita de histérica desafiante que tienen todos los de su raza. Yo me vuelvo hablando solo para adentro después de restregar los zapatos contra el tronco de los árboles que hay en la calle. Seguro que cuando llegue a casa van a ir a la basura.

Subo y voy tropezando con todo. Tengo una extraña sensación de desastre, como si fuera caminando con los tobillos, una sensación de pata de palo, de pirata malvado de *La isla del tesoro*. Seguro que ya no tengo pies. El caso es no sugestionarme. Los pies están ahí, si no me habría caído al suelo, me habría estrompado contra la acera encima de alguna de esas mierdas de perro.

Llego y me descalzo. Antes de quitarme el calcetín, respiro hondo. Tengo miedo. Si no los veo, ¿qué hago? Hay que tomar decisiones sin pensar. Tirar para adelante. Me arranco el calcetín del pie derecho: no hay nada más abajo del tobillo, que acaba en forma redondeada, como esos pies ovalados que suelen dibujar los niños de cuatro y cinco años. El izquierdo tampoco está. Siento que me mareo. El estómago se me viene a la boca, la cabeza me estalla. Me tumbo y me tapo los ojos, que ya llevo cerrados como acorazándolos con doble cerrojo. Trato de mover los pies sin vigilarlos con la mirada. Los tengo, incluso noto la planta seca por el talón. Piso y me atrevo a mirar. Veo como los tobillos no se clavan en el suelo, al levantarme. Me muevo por el salón y un espacio de cinco o seis centímetros separa todo mi cuerpo de la alfombra.

## 10

## AGUA DEL GRIFO

La vida pasa como aire seco a mi lado y yo permanezco inerte tumbado sobre el sofá, con miedo a levantarme y comprobar que ha desaparecido un miembro más del cuerpo. Hace tres días que ya no me preocupa mi aspecto, sino el hecho de consumirme, de ser abducido por no sé qué. No quiero ver a nadie, no contesto a las llamadas. Tan sólo recopilo fuerzas para poder afrontar mi próxima cita con Julia cuando sea de la manera más natural posible.

Primero fueron mis pies, después las rodillas. Mi espinilla camina por libre acompasando los movimientos de mi cadera y mis muslos perfectamente, pero sin elemento que la sujete por arriba ni por abajo. También me han desaparecido los brazos. Quedan las muñecas y las manos, que contemplo cada segundo por ser la única certeza que me une todavía a la realidad.

No como, apenas duermo. Cuando cierro los ojos no aprecio el sueño. Escucho mis ronquidos, pero ni siquiera ese sonido abrupto y rocoso, de barco embarrancado, de buque a la deriva en pesadillas dignas de *El holandés errante,* en eterna vigía, aparta de mi cabeza esta incertidumbre cruel que me consume.

Bebo agua, tan sólo, pero el insomnio me hace temer que cuando desaparezcan el cuello y el estómago iré regando el suelo por mis agujeros. Puedo convertirme en un cuerpo con goteras y eso me delatará. Por eso no salgo de casa. Tan sólo espero que ella llame para poder comprobar si me he convertido en un monstruo.

Ya no sé si quedé yo en confirmar la cita o fue Julia. De todas maneras eso es algo que se hace indistintamente. No voy a llamar. No quiero que piense que soy uno de los acosadores que tanto se dan en nuestra profesión. Si de verdad quiere verme, llamará.

Sigo bebiendo agua fresca del grifo, y no suelto nada por la alfombra. Debo conservar todo el aparato de depósito y de riego: la boca, la garganta, el estómago, la vejiga y la polla. ¿Qué más quiero?

Ni la música me ha hecho huir de mi obsesión. Acabo de pensar en *El holandés errante.* Wagner puede ser un buen tratamiento de choque. El mundo orondo de este alemán insufrible pero genial, con sus cantantes sobrehumanos y hermosos, puede ayudarme a superar el trance. La historia de este buque fantasma, capitaneado por el hombre que busca la mujer que le sea eternamente fiel, me ayudará a escapar de la realidad. Porque, por otra parte, pocas cosas hay tan marcianas como esa meta.

Si la ópera es el único fortín que nos queda a los gordos para ser respetados en ciertas artes, el mundo de Wagner es ya el paraíso. Siempre hay intérpretes que pesan tres cifras en sus repartos: héroes y heroínas. ¿Quién puede tener fe en un dios Wotan delgado para *El anillo del nibelungo?*

¿Quién confiaría en una valquiria que se nos presentase como una sílfide?

La ópera conserva nuestra autoestima en este mundo ultramoderno y anoréxico. El que quiere poner cadenas eternas con una nueva religión estética al disfrute y ahogar el espíritu de Epicuro, que no hacía daño a nadie, el pobre, con su creencia ciega en el placer como forma de equilibrio social.

De todas formas, son asuntos estos que no me preocupan ya tanto, desde que voy desapareciendo por partes. No siento como molestia constante que me cuelgue la papada, que la tripa se me apoye en los muslos, echo de menos esa congestión de segundos que me invadía al atarme los cordones de los zapatos. He decidido no hacer esfuerzos porque creo que el sudor y el desgaste van a consumir las partes de mi cuerpo con más rapidez.

Bebo más agua. El líquido me ayuda a pensar. Me duele la cabeza y Julia no llama. Recuerdo ahora aquella mañana en que vi a Lola, la primera chica que me besó en la boca, cogida de la mano de otro. Tan sólo salimos dos semanas, suficientes para guardar un recuerdo amargo y otro dulce. Era rubia, callada. Parecía disfrutar con mis gamberradas de quinceañero y las de mis amigos. De quinceañero, sí. Hasta los quince años no probé el sabor dulcísimo de la saliva ajena en mis labios. Con algunos kilos de menos y bastantes toneladas de complejo sobrante hubiese salido con alguna chavala, *chavaluca*, como dice mi tío Joaco, quien sabe, dos años antes, uno...

Da igual, el caso es que aquel beso robado en la oscuridad, que quizá Lola me dio por compasión, me supo a luz y a mar, a sabrosa tortilla de minuto eterno. Fue un instante que he congelado en mi vida y que llevo conmigo como una estampita de esperanza. Aunque sólo fuera por ese momento merecía la pena todo el dolor que llegó después, dos semanas después, cuando sin que me dijera nada la vi agarrada a un maromo alto, delgado y mayor de edad.

También Juanito la vio y me hizo dar la vuelta. Se dio cuenta de que me había quedado petrificado en la acera como el que sufre la certeza seca de un golpe karate. «La he visto abrazada a un tío más alto que tú, Juan», le dije. «¿A quién?», disimulaba él. «Tú la has visto también. No me digas que no», le repliqué, intentando desnudar su mentira piadosa de amigo incondicional. «Anda, vámonos a otra parte», soltó antes de empezar los movimientos de evacuación.

Juan era la única persona en la tierra que sabía lo que para un gordo con complejos suponía perder a una chica como Lola. Era la prueba de toda autoestima. Podía coleccionar amigos para todos los gustos, animar los cotarros, ser la salsa de todas las fiestas, el líder indiscutible del grupo, pero quedarme solo, con mi carisma, sin ser capaz de conservar una mujer ni un mes a mi lado, era vergonzoso.

¿Cuál era el problema? Si lo miro ahora en perspectiva, la gordura no fue algo insalvable para que nadie se enamorara de mí en aquella época. Era el complejo, la gordura subjetiva, lo que me hundía. Por eso estoy convencido de que lo nuestro es de psiquiatra y no de endocrino. Muchas veces miro las fotografías de aquellos tiempos y parezco un buen chico, normal, algo relleno, pero no aquel joven a quien todas las amigas de mi madre decían que había que poner a régimen cuanto antes.

Siempre me he visto en el límite y el límite ensancha y ensancha sin parar, neutralizando la frontera anterior. Cuando usaba la talla 40, creí que aquello era ya el acabose; hoy, que uso la 62, pienso lo mismo.

Entre todos me inculcaron un miedo atroz a explotar: «Vas a explotar, vas a explotar, pero qué bruto eres, ¿otro plato? Vas a estallar». Toda aquella música resuena dentro de mi cabeza como una letanía. Quizá por eso una de las escenas del cine que más me aterran y que más me hacen llorar de risa como forma liberadora es aquella genialidad de *El sentido de la vida*, de Monty Phyton, en la que un gordo imposible de medir entra en un restaurante, come de manera atroz y explota porque le dan una oblea de menta. No me canso de verla. Puede que sea porque identifico en ella mi destino cuando entro a un comedor: aquí llega el crítico de referencia, vamos a cebarle hasta morir.

Suena el teléfono. Será Julia. Dejo que suene dos, tres, cuatro veces. A la quinta, salta el contestador. Lo cojo al final del cuarto aviso.

—Dígame.

—Moncho, ¿qué haces?

Es mi madre, que va a venir a Madrid unos días para ver a unas amigas.

—Nada, mamá, aquí, trabajando.

—¿Me has buscado el teléfono del restaurante ese que te dije ayer para invitar a estas señoras?

—No, todavía no, mamá.

—Pues búscamelo, hijo, que quería llevarlas la semana que viene y estará aquello de bote en bote. Si no lo está ya.

—Ya les llamo yo, mamá. No te preocupes. ¿Para cuántas reservo?

—Pues para seis u ocho, no sé. Porque quiero llevar a Crucita Fernández-Ledesma, que ya sabes que le han encontrado un cáncer de pecho terrible y a tu tía Mari, que no levanta cabeza con sus hijos que son todos un desastre. Al pequeño, a tu primo Miguel, le han encontrao metido en trapicheos y cosas raras, ya se lo dije yo, que el que viene tarde cuesta enderezarle. Que lo tuvo tu tía con cuarenta años y ya te coge en una edad muy mala, además...

—Entonces, mamá, ¿seis u ocho?

—Ay, hijo, ya me estás cortando. Es que si tu madre no se puede desahogar ya ni contigo, tú me dirás. Por cierto, ¿te habías puesto a régimen esta semana? Porque algo me comentó la madre de Juan, que creo que ya ha vuelto de Estados Unidos.

—Sí. El otro día fui a cenar con él.

—Ya. A ver si cuando vaya has perdido algo, que estás más gordo que nunca, hijo mío.

—Tu anímame, mamá.

—Es que estás en una edad malísima y ya no es por estética, es por salud, que tú tienes antecedentes, un padre hipertenso, un abuelo diabético, es que ya no sé cómo tengo que decírtelo, pero bueno, harás lo que te dé la gana, como siempre, porque eres un hijo único de tío páseme el río.

—Vale.

—¿Y qué tal le ha ido a Juanito?

—Bi..

—Sí, bien, supongo. Él es tan espabilao y muy buen niño. Ya se lo digo yo siempre a su madre, que aunque sea de la otra acera de toda la vida ha sido un chico estupendo y muy sensible y que le podías llevar a todas partes. No, y ella está encantada con él, que no veas cómo la trata, como una reina. Me dijo que le había traído una joya de donde estuvo, que, ¿dónde fue? En Nueva York, no, en Chicago tampoco.

—En Filadelfia.

—Eso, en Filadelfia.

—Bueno, mamá, que estoy esperando una llamada. ¿Para cuántas reservo?

—No lo sé, hijo, no lo sé. Déjame que lo piense. Porque también creo que debo llamar a Carmela, pero es que, ¡cómo está! ¿Tú has visto cómo está? Creo que se tiene que poner algodones en la tripa porque le salen llagas y le supuran de lo gorda que se ha puesto. Te lo digo otra vez, Moncho, ya no es por estética, es por salud, Dios mío, que es que tú no te crees lo que yo te digo, pero la gordura es un factor de riesgo que no se tiene por qué correr y menos tú, con un padre infartado.

Suena repentinamente la llamada en espera y no me queda más remedio que cortarla y dejarla con la palabra en la boca. Que por otra parte es la de la misma letanía de siempre.

—Mamá, ahora te llamo.

Uno, dos, tres, avisos. Es difícil que mi madre diga adiós cuando tiene ganas de planear algo en voz alta. Llego por los pelos a coger la llamada.

—Sí, contesto decidido.

—Ramón, soy Julia.

—Hola, Julia. Te había reconocido. Habíamos quedado en llamarnos hoy, ¿no?

—Exacto. Por mí no hay problema para que nos veamos. Así que si tú no tienes nada, vamos a cenar. Me lo habías prometido.

—Sí, claro. Eso habíamos hablado y yo soy un hombre de palabra.

—Pues tú me dirás dónde vamos.

—Mira, vamos a ir a un sitio nuevo que descubrí hace poco en la calle Luisa Fernanda casi esquina Ferraz. No me acuerdo del nombre pero no tiene pérdida. Quedamos allí directamente. ¿Te parece bien?

—Perfecto. ¿A las diez?

—A las nueve y media, mejor.

—A las nueve y media. Allí nos vemos. Hasta esta noche, entonces.

—Muy bien, adiós.

Al colgar me atosiga un cosquilleo de abajo para arriba que al llegar al cuello lo tuerce a la derecha, luego a la izquierda y me sacude la cabeza.

Quedo en estado de trance, con los ojos perdidos mirando al techo, que, por cierto, ya va necesitando una mano de pintura, como diría Joan Manuel Serrat. Los nervios también me hacen bostezar, mover los ojos hacia arriba... Noto cierta destemplanza. En los hombros, en las manos, después. Me las froto, expando los dedos. Me miro las uñas. Decido cortármelas para el gran momento.

Pero, ¿en qué estado me encuentro para acudir a la cita que puede cambiar mi vida? Invisible. Desconcertado, con dudas recurrentes, sin alivio para mi trauma, sin haber hablado de esto que me está ocurriendo con nadie. Ella notará al instante mi fragilidad. Querrá palparme, enseguida comprenderá que ha salido a cenar con *El fantasma de la ópera*.

Mira, la ópera le gustará. Tengo que sacar alguna entrada para *La bohème*, que van a reponer muy pronto y es una obra bonita para empezar una afición seria. Fue la primera ópera que me hizo llorar. Y sigue consiguiéndolo. Puccini, siempre lo hace. Tiene ese don, esa fuerza, la de quebrarnos por dentro.

Suena de nuevo el teléfono. Qué mañana de locos. Será mi madre con la duda ya resuelta.

—¿Dígame?

—Moncho, que yo creo que para seis, porque mira, no voy a llamar a Carmela, porque tampoco voy a ser yo quien la cause mayores males, que ya te he dicho que tiene que adelgazar.

—Pero si sólo quitas a una te quedan siete en la lista, mamá. Mira, yo te reservo para ocho por si cambias de opinión. No lo tomes como una obligación, si luego sois seis, no pasa nada.

—También tienes razón.

—Pues eso, para ocho y luego tú verás.

—Es que también había pensado primero en llamar a Marisa Soldevilla, ay, pero empezará a contarnos sus viajes y a enseñarnos fotografías de sus nietas las gemelas y es que nos da la noche. No sé, es que es muy pesada, hijo. Tiene gracia contando las cosas, pero es muy pesada.

—Ya. Bueno, mamá, que tengo que salir un rato a por una cosa.

—Muy bien, pues nada, reserva para ocho. Yo ya no te vuelvo a llamar.

—Bueno, adiós.

—Haz un poco de gimnasia, Moncho, que si no luego te cuelga todo lo que pierdes. ¿Adónde tienes que ir?

—A un recado, mamá. Nada importante.

—Si no fuera importante ya me lo habrías contado.

—A por cosas para ensalada.

—Bien, vale. Bueno, eso, que no te olvides.

—No. No me olvido. Hasta luego.

—Para ocho.

—Que sí, que hasta luego.

—Ay, hijo, adiós.

Mi madre me ha dejado el oído, la boca y el cerebro reseco. Me acerco a la cocina a por un vaso de agua. Las cañerías han notado el bajón de temperatura y ya sale fría del grifo. No hace falta ni meterla en la nevera. El líquido me clarifica las ideas. Intentaré dormir algo y aparecer digno ante los ojos de Julia.

## CUSCÚS CARAMELIZADO CON FOIE

Hace un frío que muerde. Frío seco, mesetario, de primera helada para recibir el día y para despedirlo. La noche lleva consigo una niebla de cuento romántico, propicia para lo que yo busco. Los negocios han cerrado ya. Me acerco hasta la parada del hospital andando porque no pasa ni un taxi por la calle. No he querido mirarme el cuerpo para no verificar más desgracias.

Voy bien cubierto. He sacado el abrigo gris del armario, lo acompaño con mi bufanda beige de buena marca para que haga un contraste elegante. Estreno la americana que me compré el otro día y me ha llegado a casa a tiempo. Me alarmo cuando un taxi libre pasa por mi lado y no me ve hacer señas. De la cabeza a los pies parezco normal a la vista de todo el mundo. Desaparece mi cuerpo, pero no la ropa. ¿Se me habrá borrado la cabeza? No puedo vérmela. Me acerco corriendo a la parada del autobús para reflejarme en los cristales. La cabeza está en su sitio. Respiro hondo. La  señora que espera me mira raro, pero no pregunta nada. Ni siquiera me dice buenas noches. Se lo digo yo después de tomar aire.

—Buenas noches.

—Hola, responde ella, muy cortante.

No me siento obligado a dar conversación y sigo mi camino. En la parada hay dos taxis, un Seat Toledo de los que me repelen y un Skoda de modelo digno y muy reluciente. No pregunto cuál va primero en la cola. Huyo del Seat Toledo y ninguno de los dos taxistas me lo reprocha.

—¿Qué tal? ¿Adónde vamos?, pregunta el taxista, que se ha despedido de su compañero dejándole con su palillo dando vueltas en la boca.

—A la calle Luisa Fernanda, casi esquina con Ferraz.

—Eso está hecho.

Es de los taxistas decididos, de los taxistas a los que no se les pone nada por delante. Puede salir por cualquier parte. Tiene cara de gustarle los donuts a media tarde. Me inquieta su juventud y cierto nerviosismo que no le permite detener esa cabeza delgada y rizosa, en la que se marcan las venas que rodean el cráneo y que se mueve sin control de atrás hacia delante. Es un taxista de la nueva generación. Lleva limpio el coche, con calendarios de su agencia y todas las comodidades, pago con tarjetas incluido.

—Ya ha empezado la fresca, ¿eh?

—Y que lo diga, le respondo regalándole tres palabras.

Un «sí», a secas, hubiese bastado. Ahora le he dado pie para que me acribille con su filosofía implacable de deambulador nocturno.

—La verdad es que le tocaba el turno a mi compañero, pero no ha dicho nada porque se montara usted aquí, así que tiramos palante, que otras veces me pasa a mí y me aguanto, ¿sabe? A mí no me importa, cuando somos dos no tiene por qué haber problema, otra cosa es si estamos más de dos, yo qué sé, cuatro o cinco o tres, lo mismo. Ahí sí que hay que respetar los turnos. Pero ¿entre dos? Entre dos no tiene por qué pasar nada. Nada de nada, ahora, ya con tres, en algunos sitios puede haber problemas. En esta parada no porque nos conocemos todos y quien más quien menos pues sabe cómo es el otro. Pero hay sitios por ahí, por el centro o en el aeropuerto que se pone aquello de bote en bote. Se montan unos pifostios pero que muy desagradables, de llegar a las manos, ya le digo. ¿Sabe lo que le quiero decir? Que yo conozco a alguno que le ha partido la cara a alguien y mire, yo no creo que se tengan que solucionar las cosas a leches, pero que en algunos casos, pues no te queda otro remedio, porque te vas calentando, a lo mejor has tenido un mal día, no te has comido una rosca, ¿me comprende? Y entonces te pones a cien y defiendes lo que crees que es tuyo. Por eso han puesto controles por todos sitios, que este Gallardón nos ha atascado toda la zona de Cuatro Caminos con el dichoso puente de la virgen, que digo yo: ¿No lo podía haber dejado en su sitio en vez de montar el cristo que ha montao, que, de verdad, es que ya no se puede andar por ahí? Pues eso, lo que le estaba diciendo, que nos ha jodido toda esa zona y nos ha rodeado de controles. Ya sabe usted, qué le voy a contar, como en todos los periódicos aparecía día sí, día no, que timábamos a los japoneses en el aeropuerto y toda la gamba, pues éste, venga a meternos controles. Pero a la vuelta le espero. Porque a este tío, ¿quién le vota? Los japoneses, no, ¿o sí? Le habremos votado los que vivimos aquí. Yo le confieso una cosa. Yo le voté, aunque estuviera yendo en mi contra mejorando el transporte público y haciendo más metro, porque la pila de millones que se ha gastao el tío en el metro. Eso sí, a cada uno lo suyo. Que este sujeto es muy listo y ha hecho cosas que no hay por qué quitarle el mérito. Ahora, yo, la próxima, no le voto. Que no, hombre, que no. Que voto a los panteras grises aunque sea, pero que a éste no le voto más. No, no. ¿A un tío que cree que todos los taxistas somos unos ladrones y nos tiene en estado de sospecha, vigilados, sin pasarnos ni una? Ni hablar, no...

Así, dale que te pego, sin que yo hubiera podido meter baza, ni falta que me hacía, nos plantamos en Moncloa en menos de diez minutos. Yo miraba por la ventana y de vez en cuando le daba la razón en todo, pero sin salirme de mi órbita mental, sin entrar en discusiones, ni en matizaciones que le pudieran calentar más la boca.

A la reconversión tecnológica de los nuevos servicios del taxi no ha añadido todavía un nuevo aire en la relación con el cliente. Debe de ir convencido de esas chorradas que algunos locutores predicadores solían soltar por las ondas sobre las cualidades analíticas de los de su especie y se las ha creído a pies juntillas, sin pararse a pensar en que podía ser un truco de peloteo para aumentar las audiencias, que fuera sencillamente mentira.

—Sí, sí, le digo.

A veces creo que lo más efectivo es dejarles K.O., como hace mi amigo Manolo, contándoles que se le acaba de morir un hijo, o algo así, para que le dejen en paz. Pero a tanto no me atrevo y es una pena porque estoy de acuerdo con lo que él me aconseja siempre: «Moncho, a los taxistas hay que neutralizarlos».

—Perdone que le esté soltando todo este rollo, pero es que estas cosas me sacan de quicio. Y como a los que han sido míos siempre no se les puede votar porque son unos ladrones, pues así estamos. Porque no me diga. Menudo sarao el de los otros. Vaya, vaya, toalla.

Sólo pido una cosa, que por ahí no siga, ya que le ha dado un repaso a unos, que no empiece con los otros. Y sobrevivir a esta carrera, no morir como el cura aquel que monta en el taxi de Roberto Benigni en Roma y fallece después de que éste le cuente su vida hasta en los detalles más íntimos en esa película fantástica de episodios que es *Night on Earth*, de Jim Jarmusch. Aunque bien mirado, por lo menos no es Robert de Niro en *Taxi Driver*. No va a acabar matando a nadie. Ni siquiera a un candidato a alcalde. Además, ¿de qué se quejará? Más atascos, más caos en la ciudad son sinónimo de carreras más caras.

Por lo menos no ha preguntado el trayecto. Esos taxistas que te preguntan el trayecto nada más montarte en el coche para ver si dudas o no, ya me dan mala espina. Prefiero al que te abre las puertas del taxi, te lleva, se calla y te cobra.

—Menos mal que esta zona ya es más o menos transitable. No hemos tardado mucho, aunque no lo digo muy alto porque en estas calles estrechas puedes encontrarte cualquier cosa que te jeringue el trayecto, pero no parece que haya lío. Nada. Ya hemos llegado. Ya estamos. Son... No llega a seis euros. 5,80. ¿Quiere recibo?

—No, muchas gracias. Tenga seis y quédese con la vuelta.

—Muy bien, muchas gracias, a seguir bien.

—Gracias, adiós.

El del coche que espera detrás a que salga del taxi, no protesta. Me bajo y se lo agradezco con un gesto al que él también responde. He llegado a la cita un cuarto de hora antes. Por eso me coloco en la esquina más cómoda para otear el ambiente y me consuelo pensando que domino mejor el terreno.

María José, la dueña de Chantarella, me recibe contenta, como siempre. Va vestida con su traje de chaqueta oscuro habitual y me conduce hacia la mesa del fondo, junto a esa bodega anárquica que tienen, con las botellas colocadas donde pueden. Han vuelto a los orígenes. Cerraron este local y se fueron a otro más grande, pero ahora han decidido lidiar con los dos, porque el pequeño les da suerte.

—Hoy quiero sorprender a alguien, le digo a María José, que me responde con una sonrisa cómplice.

—Ya sabes que eso está hecho.

—Sácanos el cuscús caramelizado de foie, que es obligatorio y luego lo que a ti te dé la gana.

—Perfecto. ¿Y el vino?

—También te dejo que me sorprendas con el vino.

—Muy bien, pues no hay más que hablar.

El local está medio vacío. Típica señal triste de un miércoles por la noche. Tan sólo hay una mesa con tres maromos de mediana edad, con camisa, corbata y la chaqueta colgada en el respaldo de las sillas, que hablan de coches con el mismo entusiasmo que hablaba yo de pequeño cuando jugaba al Scalextric. Parlotean un poco alto, para mi gusto, sobre el agarre que tienen las ruedas de ciertos modelos de todoterrenos —cuatro por cuatros, que dicen ellos— a todo tipo de superficies, del asfalto al barro y la nieve.

Pido agua con gas para que la espera se me haga corta y burbujeante. El agua con gas de Vichy y un poco de limón les puede dar mucha emoción a las cosas sencillas.

Julia llega puntual. Entra con un abrigo granate de entretiempo que empieza a desabrocharse después de saludarme con timidez efusiva, con dulce entusiasmo y mientras le da un tembleque por el cambio repentino de temperatura al llegar al local. El espasmo pone de relieve una generosidad carnal que a mí me parece bellísima. Sacude sus brazos graciosamente rechonchos, se le mueve la barbilla y le tintinean las tetas como a mí me gusta. Se me escapa una mirada que espero que ella no considere excesivamente lasciva para una primera cita.

—Hola, Ramón. ¿Llevas mucho esperando?

—No, qué va. Me acaban de traer el agua. Sólo le he dado un sorbo. Mira. ¿Quieres?

—Un poquito, gracias.

Se ha quitado el abrigo y compruebo que se ha esmerado en arreglarse para la cita. Se ha maquillado con tonos muy suaves, carmín rosa para los labios, que le hacen inapreciable la cicatriz junto a la boca, esa que cada vez cobra más misterio para mí; una leve sombra en los ojos que resalta lo que para muchas esclavas de la estética sería un entrecejo excesivamente peludo, pero que a mis ojos la convierten en mujer racial y de carácter; la cara sencillamente lavada, el pelo corto y suelto. Lleva una camisa discreta con dos botones desabrochados, una falda granate estampada de gusto muy hippy y medias llamativas con florecillas de colores.

—Qué bien, ¿no? Por fin cenamos juntos.

—Ya.

Voy a utilizar el estilo pasiego ahora, al principio, para no transmitir un entusiasmo desmesurado, pero lo cierto es que lo que me sale decirle es algo así como: «Claro, yo lo estaba deseando con toda mi alma desde hace años y espero que tú también y que esta cena sea el principio de una nueva vida juntos». Pero me reprimo y tan sólo le otorgo a Julia un «ya» no muy frío, un «ya» al que acompañe la calidez de una sonrisa tímida.

—Pues, nada. No conocía este sitio, pero había leído la crítica que le hiciste al principio y lo recordaba, así que lo tenía en la lista para venir algún día. Además, tengo un hambre...

—Bueno, nunca es tarde.

—Ya, nunca es tarde.

—¿Qué tal?, pregunta ella, así para abrir el fuego general.

—Bien, muy bien, le respondo.

No quiero dejar traslucir mi histeria por dos cosas: por estar a solas con ella, primero, y por saber que voy desapareciendo poco a poco, como en un suplicio chino, después.

—Tranquilo. Estoy muy tranquilo desde que no me siento a tiempo completo y atado a esa redacción que mata. Pero, bueno, tampoco quiero desanimarte. Yo, a tu edad, también lo pasaba bien.

—¿A mi edad? ¿Pues cuántos años tienes tú? Tampoco serás tan mayor.

—¿Yo? Qué va. Tengo 38. Sigo siendo un joven prometedor. Ahora un joven prometedor crítico gastronómico.

—Por cierto, ¿qué vamos a pedir?

—Ya está todo decidido, no te preocupes. A no ser que quieras algo especial.

—No, por mí está bien. A mí me gusta todo.

—María José, que es la que controla el cotarro a las mil maravillas, nos sorprenderá. Por cierto, ahora que pasa, os voy a presentar. Julia, María José; María José, Julia.

Se saludan, se besan, se sonríen. Nos sirve un vino elegante, aromático, a temperatura perfecta, se retira con su discreción proverbial a cuestas y seguimos a lo nuestro.

—Da gusto ver cómo la gente hace su trabajo con placer, ¿no?, me dice Julia, mientras empieza a comer el trozo de pan integral que le han servido.

—Da hasta envidia. Pero ése es tu caso también. Te gusta lo que haces. ¿No?

—Sí, sí, a mí sí. Pero disfruto al ver además que hay gente que le ocurre lo mismo. Es energía positiva. El mundo funciona mejor así.

—Bueno, depende. A Bush también le gusta lo que hace.

—Ya. Hay excepciones.

—Como le oí un día decir a una amiga mía por televisión: es la única vez en la vida que no me he alegrado de que un alcohólico se rehabilitara.

El comentario le hace gracia a Julia y se le atraganta el sorbo con la consiguiente ducha en toda la solapa de mi nueva chaqueta reluciente. Se lleva las manos a la boca, sigue riéndose, pero se sonroja.

—Perdón, perdón.

La cosa parece que empieza a rodar. Julia es un misterio para mí. Me doy cuenta ahora, cuando la tengo sentada ahí delante. Nunca he hablado más de diez o quince

147

minutos con ella a solas. Ahora tenemos, quién sabe, dos, tres horas de conversación, de confesiones, de tanteos, de coqueteo. Esta noche parece de buen humor, viene dispuesta a divertirse, a aventurarse en algo que nos lleve a no sabemos dónde. Lo noto, me da el pálpito.

Hemos empezado con el vino y algunos entrantes individuales que le han sorprendido, una crema de garbanzos muy delicada y unas anchoas bien tratadas que María José me ha asegurado son de Santoña.

—Bueno, bueno, llega el cuscús.

—¿Qué es esto?

—Una de las cosas más ricas que habrás comido en tu vida: Cuscús caramelizado con foie y un toque de menta. Santíguate e híncale el diente con la cuchara.

Entre la sonrisa casi permanente de Julia y la perspectiva de romper el círculo perfecto del cuscús, casi no me ha afectado la conversación de los maromos que tenemos de vecinos en el local y que afortunadamente están dos mesas más allá, aunque la distancia no logre frenar sus comentarios sobre todoterrenos, neumáticos o carreras por el monte en máquinas de arrasar paisajes. Ni siquiera tanta charla burda rompe la magia del sabor y las miradas.

Julia disuelve el cuscús en su paladar y cierra los ojos. Al tragar, respira para que el sabor vuelva. Es como comer dos veces cada bocado en vez de una. No hay duda, la muchacha sabe disfrutar de la comida. Es una auténtica *gourmet*. Al acabar, tuerce el gesto, pero de placer.

—Bueno. Qué maravilla, dice sin alzar la voz.

Yo no he descompuesto el círculo chamán de mi plato. Me he limitado a observarla disfrutar su primera cucharada y a fe que la experiencia ha sido como comer con ella, como si hubiésemos movido nuestra lengua al tiempo. Me decido a probarlo.

—¡Joder! Ummm. Es que, además, cada vez lo hacen mejor.

Cierto. Está como nunca. Para mí es un plato que representa una rabiosa modernidad. El mestizaje entre dos de las cosas fundamentales de la cocina occidental y la árabe. Entre el lujo caro del foie y el alimento básico del cuscús, que cuajan a la perfección con la menta un tanto distante en segundo plano, como maestra de ceremonias en el teatro de sabor que se consigue dentro de la boca. Pero estas cosas que pienso, no se las digo, por no arriesgarme a resultar pedante.

Julia sigue paladeando y su sonrisa se ensancha al compás de la degustación. A la cuarta cucharada, la sonrisa empieza a convertirse en carcajada, casi sin que venga a cuento. Yo la miro extrañado, pero enseguida, noto que me ha contagiado la risa y que crece hasta que se me caen las lágrimas.

—Ay, por Dios, qué bueno está esto, dice Julia.

—Y tanto, respondo yo.

No podemos dejar de reír. Los nervios, el placer, todo se conjuga para esta bacanal de carcajadas, para este ataque del que ninguno de los dos acierta a salir.

—Oye, ¿no nos habrán metido marihuana, o algo por el estilo? Es que no lo entiendo si no.

María José nos mira desde la pequeña barra de la entrada. Le hago una seña para que se acerque, todavía congestionado por el efecto de la risa.

—¿Qué le habéis echado al cuscús?

—Lo de siempre, suelta con una sonrisa ambigua.

—No, lo de siempre, no. Está mejor que nunca. Y mira qué ataque de risa nos ha dado. No podemos parar.

—Lo de siempre, de verdad. No hay ningún cambio. Es el único plato de la carta que no cambia nunca. Nuestra marca.

—Vale, vale.

María José se mete en la cocina. Los maromos nos miran y por una vez en toda la noche dejan de hablar en alto sobre cochecitos y cuchichean, seguramente sobre nosotros. A ellos, el cuscús no les ha hecho el mismo efecto. Poco a poco recuperamos la compostura.

—Qué risa, por favor, dice Julia.

—Sí, sí. A ver si se nos pasa. Bueno, ya.

—Ya, añade también ella.

Me gusta su sentido del humor con efecto sorpresa, su vitalidad juvenil. Su rostro, después de la risa, se vuelve sereno pero no pierde la guasa.

—¿Qué vendrá ahora?, pregunta.

—Dejémonos llevar. El cuscús era la única cosa de la carta que había puesto yo como condición.

—Pues ha sido un buen comienzo.

—Bueno, de verdad. Y tú, cuando no te dedicas al periodismo, ¿qué haces?

—Dormir.

—Nooo. No te creo. ¿Eres una monja de la información?

—Casi.

—No. Venga, ¿qué haces? ¿Qué te gusta hacer?

—Hago voluntariado. Estoy en una organización de apoyo a niños con problemas psíquicos.

—Ah, qué bien. O sea que tú eres de esa generación dormida y amuermada por la *Play station* y *Matrix* que dicen los de mayo del 68 que no se moviliza.

—Exacto, de ésa. Pero lo mismo decían de la que iba detrás de la suya. Lo mismo han dicho de todos los que les hemos sucedido. Quieren guardar la exclusiva de la rebeldía hasta que la palmen y lo suyo es un mito, porque, que yo sepa, aquí, Franco murió en la cama, así que no me cuenten cuentos.

—Eso digo yo.

—Se han apuntado al carro ese de que corrieron delante de los grises pero fueron cuatro. Y ahora, algunos de ellos hasta mandan y son los que nos han endosado la mierda de contratos basuras y han puesto un tapón por encima que no hay quien arranque. Yo es que cuando los oigo dar lecciones, me pongo de los nervios. ¿Tú que crees?

—Que estoy totalmente de acuerdo. Nosotros, los que estamos en medio entre los *hippies* y vosotros, los hemos sufrido mucho más. Nos han acomplejado, pero por sus obras les conoceréis. Mira en qué han acabado, en unos apoltronados. Menos mal que hay gente como tú que da ejemplo.

—Bueno, es que si no.

Mientras entramos en cosas más profundas, llegan los siguientes platos, un bacalao trufado con verduras y salsa de hongos, para seguir con el festín.

—Pero algo más te gustará hacer. No todo va a ser periodismo y trincheras.

—Sí, pues, leer, ir al cine, escuchar música, cocinar, por supuesto, y comer.

—¿Cocinar?

—Sí, cocinar. Pero no mucho. Una vez al mes, hacer una bacanal para mis amigos y punto. Y a ti, ¿qué te gusta?

—Poca cosa. Pasar el rato. La ópera. La ópera y el cine me gustan. Bueno, la música en general.

—¿Y cocinar no?

—Cocinar no, me gusta que cocinen para mí. Si me gustara cocinar sería chef, no crítico. Soy crítico porque me gusta comer, no andar entre sartenes.

—Ya, también es verdad. Pero algo de cocina sabrás.

—Algo, lo justo para que no se me caiga la cara de vergüenza al escribir sobre ello. Para que no me puedan coger en un renuncio. Pero tampoco hay que saber tanto. Lo que hay que tener es un gusto particular por las cosas, por la vida.

—Buen gusto, en resumen.

—Llámalo como quieras, yo no quería decir tanto.

—Me sorprende lo poco pedante que eres trabajando para quien trabajas y teniendo la fama que tienes en la profesión.

—Te sorprenderías de lo pedante que puedo llegar a ser, por dentro, por supuesto, y a solas, con mi almohada.

—No existe la pedantería sin público.

—Eso también es verdad. Pues entonces egocéntrico, maniático, déspota. Por eso he decidido trabajar solo en casa. Porque no soporto la mediocridad a mi lado y con el mismo sueldo. Además, soy hijo único.

—Ah, ¿sí?

—Sí. No por decisión de mis padres. Por mi culpa. Le rompí las trompas a mi madre al nacer. Pesaba cuatro kilos y medio y tenía una cabeza como esta mesa.

—¡Hala! Exagerado.

—La verdad es que hasta hace poco pensé que eso había sido un trauma y todos los años pedía un hermano a los Reyes Magos. Pero ahora me doy cuenta de que no era por miedo a la soledad, sino por envidia hacia las familias en las que había muchos hermanos y por aburrimiento. Ahora creo que le rompí las trompas a mi madre porque no hubiese soportado jamás una sombra a mi lado, ni compartir nada con nadie.

Julia me mira con sorna flamenca. No se lo traga. Me voy haciendo el duro pero no cuela, no pasa por el aro. Sigue escuchando, quiere comprobar hasta dónde soy capaz de llegar.

Algo de cierto hay en lo que estoy diciendo, pero sobre todo es un mecanismo de defensa que me endurece para el presumible e inaplazable rechazo.

—Bueno, bueno, menos lobos.

—¿Cómo que menos lobos? Es la verdad. ¿Qué tal el bacalao?

—Buenísimo. Es tan difícil conseguir ese punto poco pegajoso y sin estar salado que me resulta maravilloso. Estupendo.

—Me alegro.

—Pero, a lo que íbamos, contraataca ella.

—¿Qué?

—Pues que no te crees ni la mitad de lo que me estás diciendo. Que si te has ido por libre es porque este periódico nuestro quema lo que no está escrito y que eso, que no me creo que seas un egocéntrico de esos que no se quitan el yo de la boca.

—Peor para ti.

Se va terminando el vino. María José se acerca a ofrecer más. Nos avisa que la botella corre de su cuenta.

—Es que ahora llega la carne y no podéis tomarla sin vino, nos dice.

—Como tú digas. Muchísimas gracias. Está todo exquisito. No sabes lo que estamos disfrutando, le respondo yo.

—Un montón, de verdad, añade Julia.

—Me alegro.

María José nos retira los platos y se va a por la segunda botella. Espero que el caldo nos siga inspirando en la mesa. No hay mejor agente para la confianza que el buen vino. No hay mejor aliado para la compenetración en ocasiones así. Alguna relación se me ha reventado a veces por haber elegido el vino equivocado. Esta novedad del Priorato que nos ha presentado María José juega a favor.

Llega el tercer plato: carrillada de ternera. Se ha puesto de moda desde hace poco. No hay buen restaurante de lujo que no haga su carrillada para todos los gustos. Aquí lo ponen con una salsa de coñac que afianza una tersa contundencia.

—Carrillada. Bien. Es curioso como prolifera ahora. Un plato tradicional recuperado con una manía obsesiva. Ésta tiene buena pinta.

—Sí, desde luego.

—Lo que no eres tú es una de esas estiradas vegetarianas, que yendo en contra de la naturaleza se creen con doble derecho a reivindicarla.

—¿Cómo es eso?

—Sí, que los humanos, mal que les pese a algunos, son carnívoros y ésa es la verdadera naturaleza. No puedes ir en contra de eso porque si no te ocurre lo de las vacas locas. Con exceso de repollo y lechuga, el organismo te va a operar mucho menos y vas a acabar chiflao.

—Nunca lo había visto así.

—Porque nos envuelven y nos creemos cualquier bazofia. Fíjate, una chica lista como tú, no había caído en eso. A mí también me costó, no creas.

—Lo único que sé es que dejé de hablar con una amiga desde que se volvió vegetariana. Se puso imposible. Nos freía a doctrina y se volvió de una intransigencia que no tenía límite.

—Ves.

—Hombre, no creo que sea la regla, que todos los vegetarianos se vuelvan gilipollas.

—No, puede que lo sean ya genéticamente y que por eso se hagan vegetarianos.

Provoco otra de esas sonrisas estoicas y distantes que tanto me gustan de ella. Estoy dispuesto a hacerlo cada vez que sea necesario, aunque tenga que mentir, exagerar o serme infiel a mí mismo para conseguirlo.

—¡Cómo eres!, me dice.

Yo me quedo mirándola y consigo un silencio fugaz que sólo se descompone cuando masticamos o sorbemos nuestras copas de vino.

—Es como la anorexia. ¿Tú has visto una enfermedad más excluyente que ésa? ¿Te puedes figurar lo que piensan las anoréxicas o anoréxicos, que cada vez hay más, por cierto, sobre los gordos?

—Hombre, yo creo que se puede sufrir mucho con eso.

—Sí, pero es una cuestión de ego, de puro ego, y de desprecio hacia lo que no admites para ti misma o para ti mismo. Pero, en fin, lo que dice poco es sobre el mundo que estamos construyendo.

—Eso sí, en eso desde luego que tienes razón.

—Y además. ¿Te imaginas ir al baño a vomitar esta carrillada, o el cuscús? ¿Qué te puede entrar en la cabeza para querer rechazar estas cosas si tienes una apariencia más o menos normal?

—Sí, ya. Pero volviendo a lo que crea la anorexia. ¿Sabes que tienen páginas web en las que las anoréxicas se animan unas a otras y se dan consejos para que no se les noten los síntomas? Es algo que no llego a comprender. La culpa es de este bombardeo de yogurines, de cuerpos esculpidos, de publicidad engañosa que nos mata a todos.

—Y los modistas, que no admiten más tallas que la treinta y ocho en sus desfiles. Así es como condenan a la anorexia a las jóvenes que sueñan con ese mundo ridículo del paseo para que te vean, que para ser modelo hay que tener un ego que se sale de un campo de fútbol y volvemos a lo mismo: ego, egocentrismo y frustración. Mala combinación. ¿Qué inconvenientes le encuentra la gente a la humildad?

—Pero si eres tú el que ha dicho antes que eras un yo-yo.

—Bueno, sí, pero a solas conmigo mismo y, además tengo derecho a contradecirme, es un mínimo signo de inteligencia.

—Vale, ahora sí que me estás mareando.

—¿Postre?

—Claro, responde Julia sin dar lugar a dudas.

—María José, ¿nos traes una mousse de leche merengada?

—Claro.

Devora como una lima y no sé dónde lo mete. Se ha terminado lo suyo y me ha rebañado a mí el plato. Nos hemos tomado botella y media de vino, pero en ella no se nota la marea del alcohol. Soy yo el que empiezo a entrar en estado de zozobra. Julia me observa y parece estar segura de que seré yo quien primero pierda la compostura y las riendas de la situación. Sigue comiendo pan y bebiendo, con un desprecio monumental por los convencionalismos contemporáneos que prohíben a las chicas bien comer mucho en las mesas. Tampoco suele comentar nunca que entre en sus planes ponerse a régimen, como hacen esas cursis que lo dicen mientras se zampan las patatas fritas de un solomillo porque les remuerde la conciencia. Estoy en ese momento lúcido en el que empiezas a entrar en un segundo estadio de efluvio, me doy cuenta de que Julia es dulce, discreta, siempre algo batalladora, como buena periodista, pero también calculadora. La mezcla es atractiva en esta época en la que todo es basto.

—¿Más vino?

—Bueno, vale.

Es una situación delicada. Porque ella tira fuerte y yo tengo que seguir un ritmo de discreto acompañamiento. Me serviré, pero beberé poco. Llevamos casi dos horas de cháchara y comida, sin grandes confidencias, pero sí con buena disposición a hablar mierda, como dice mi amigo colombiano, Daniel, con el que he compartido litros y litros de vino y kilos de experimentos culinarios, principalmente italianos, porque es un loco de la lasaña en todas sus variantes. La forma de descolocar el panorama es dar un volantazo. Hasta ahora hemos discutido cosas generales. Pero no sé nada de ella.

—Y tú, Julia, ¿vives sola o con tus padres?

—¿Tengo pinta de vivir con mis padres?

—No, pero como ésa es la regla en este país.

—¿La regla? ¿Qué regla?

—Pues lo que hace la mayoría de la gente de tu edad.

—Yo ya voy para 30, estoy más cerca de tu edad que de los de veinte.

—Cierto. Pero, bueno, ¿qué? ¿Con quién vives?

—Con mis padres.

—Ves.

—No, hombre. Vivo sola.

Creo que ella ha entrado en el segundo estadio de efluvio también, no habría dado ese rodeo, si no.

—¿Desde hace mucho?

—Poco. Hasta hace poco no me llegaba el sueldo para nada. Ahora que he conseguido que me paguen algo más, he podido independizarme. Aunque bueno, desde hace años, como puedes imaginarte, hago lo que me da la gana. Podría haberme ido antes, es cierto, pero por otro lado me daba un poco de pena dejar tirados a mis padres. Mis hermanos están todos fuera y yo me siento algo, no sé, responsable. El día que me fui estoy segura de que se les cayó la casa encima.

Nos hemos comido ese revolcón dulce que es la mousse de leche merangada con el café y la infusión al tiempo y hemos terminado la cena memorable.

—Entonces, ¿te ha gustado todo?

—No es que me haya gustado, es que me ha parecido increíble.

Veo que se acaba. Nos iremos y no hará ningún esfuerzo por retener nada. Ha disfrutado de su cena y adiós muy buenas. ¿Adónde va a ir con alguien como yo? Una mujer como ella, joven, inteligente, con ganas de vivir. Le debo producir más repugnancia que antes. Más rechazo, más repelús, ahora que ha comprobado que no soy ninguna cabeza pensante, siquiera, que mis comentarios son ridículos, boutades sin ton ni son, sin pies ni cabeza.

—Pues a ver cuándo me llevas un día a la ópera, deja caer ella, con la mano apoyada en la barbilla y los ojos centelleantes.

—¿A la ópera? ¿Te gusta la ópera?

—No lo sé, no he ido nunca.

—No, como cuando lo hemos comentado antes no me has dicho nada, pensé que no te interesaba lo más mínimo.

—Sí, interesarme, sí. Como todo. Quiero comprobar si me gusta o no.

—Bueno, elegiré algo digno para que te estrenes.

—A ver si es verdad.

Ha querido dejar la puerta abierta y yo quiero seguir entrando. Ella lleva la iniciativa, yo debo seguirla como un cordero. ¿Qué puedo pedir? ¿Qué puedo exigir? Haré lo que a ella se le antoje. Sólo ver cómo se sienta en una silla, justifica mi vida. Nos despedimos con un beso amable, nos deseamos buenas noches y quedamos en reencontrarnos pronto. Ha venido en su moto negra. Me ofrece llevarme a casa. Rechazo la invitación, no quiero entrar en el club del surrealismo por esa vía.

—Me cojo un taxi, ni te preocupes, además te queda muy a desmano.

—Vale, pues el próximo día te recojo yo en tu casa y te doy una vuelta.

—No, deja.

—¿Tienes miedo?

—No, no es miedo: es terror.

—Ya me ocuparé yo de quitártelo.

## 12

## ROSEJAT

—Estoy convencido de que es mi media naranja, Juan.

Se lo digo cuando nos acaban de servir en el plato esa mezcla gloriosa de fideo, ali-oli y tomate —con alguna gamba que otra— que llaman *rosejat* y que preparan como nadie en el 37 de la Reina, en Chueca. No he podido aguantar ni un día. Necesitaba contarle mi cena con Julia. Desde entonces he abandonado el régimen y no me han vuelto a preocupar cuántos miembros más me han desaparecido del cuerpo, si todavía cuento con brazos, piernas, tobillos; si me crece o me merma el pelo por llevar puesta la cabeza en mi sitio o no. Juan parece que me ve entero. Pero no me interesa lo que pase conmigo, sólo vivo por ella.

Mi amigo revuelve bien el plato para que los fideos se vayan enfriando. Con ese plato de inventiva levantina en la mesa huele a calor de costa mediterránea, a azul, cielo y fuego en la jungla verbenera que es Madrid.

—No te vayas a entusiasmar, Monchón, que te conozco y has salido muchas veces escaldado.

—Esta vez no, Juan. Pero si vas a amargarme también tú la fiesta...

Se hacen apenas tres segundos de silencio en los que acontece un mundo. Juan quiere responder. Se ha metido un bocado de *rosejat* en la boca y empieza a hacer aspavientos y a pedir que le sirva agua porque se ha quemado.

—No, no...

No acaba lo que quiere decirme, tose y primero tiene que aliviarse. Es muy teatral, muy histriónico y muy exagerado. Se pone como María Guerrero. Sobre todo cuando entra en su territorio, ese barrio colorido, despilfarrador de libertad, sano y moderno que es Chueca. Allí todos se amaneran al cubo, da gusto verlos. Deberían cobrar entrada y darnos lecciones para desinfectar la caspa nacionalcatólica que invade este país y esta ciudad con triple gobierno de derechas que parece que no va a desaparecer jamás.

—No, que no quiero decir eso, ni quitarte ninguna ilusión, sólo quiero prevenirte. Ay, Dios. Sírveme más agua. Me he abrasado, caramba.

—Es que siempre estás igual. Eres un ansioso comiendo. Mira que nos ha avisado el camarero y tú, nada, no has esperado ni medio segundo a metértelo en la boca. Como seas así con tus ligues.

—Con ellos puedo ir incluso mucho más rápido.

—Ya, ya sé. Mírame a mí. Yo sé esperar. Prefiero esperar a joderme la boca con el primer bocado, dejarla con llagas y que luego la comida no me sepa a nada, que es lo que te va a pasar a ti, que ni has saboreado la primera cucharada.

—¿Qué es esto? ¿Una venganza por decirte las cosas a la cara?, contraataca Juan.

—No, no. Es la puta verdad. Y además, no pienso ni presentarte a Julia.

—Ah, muy bien, fenomenal.

—Sopla. Mira a ver si quema menos.

Se lo digo para cambiar de tercio. Pero no puedo disimular que me ha amargado un poco la cena. Yo llegaba con la ilusión de un niño y Juan, con dos palabras, me ha echado la fiesta a perder.

—Anda, Monchón, no seas bobo. Cuéntamelo todo, me anima él con sonrisa de gato travieso y los ojos abiertos a la experiencia de mi felicidad.

—Ahora no me da la gana, le suelto.

—Venga, tonto, que seguro que es la media naranja que me dices.

—Que no, que ahora no se me pone en la punta del glande.

Juan entorna los ojos y sigue comiendo.

—Cuidado, no te vuelvas a abrasar.

—No, ya está bueno.

—¿Ya está bueno para ti o para mí?

—Ya está bueno sin más, a mí no me ha quemado.

—A ti, pero sabes que tenemos diferentes resistencias al calor.

—Sí, para ti también, para ti también está en el punto.

Empiezo y el sabor jugoso y dulcemente juguetón del *rosejat* me devuelve el humor y el ánimo intacto.

—Coño, está buenísimo. Mira que hacía tiempo que no nos tomábamos uno, ¿eh? ¿En qué estaríamos pensando?

—Ya, responde Juan.

Desde que él se fue a Filadelfia no había parado por aquí. En estas cosas le sigo siendo fiel.

—¿Sabes en qué he notado que es el amor de mi vida?

—¿En qué?

—En que no se anda con remilgos cuando come delante de alguien. Con ella puedo llegar a sentirme como contigo en algunas cosas.

—Me voy a poner celoso.

—Sabes que para mí no hay otro en el mundo.

—Pero otras, sí.

—Ya te digo.

A Juan le gusta jugar a amante herida desde que salió del armario delante de mis narices.

—Os vais a llevar estupendamente, le digo.

—Pues tú dirás a partir de cuándo, porque yo estoy deseando conocerla.

—Cuando te portes mejor conmigo.

Nos queda poco *rosejat* en el plato. Nos lo hemos zampado entre cambios de humor y confidencias de colegiales. Me fastidia un poco que a Juan no se le haya contagiado mi euforia, aunque debería alegrarme por saber que cuento con amigos que me ponen los pies en la tierra cuando me lanzo.

—Podríamos ir a cenar la semana que viene a alguno de nuestros clásicos, propone Juan.

—La semana que viene es muy pronto para que la conozcas, todavía no hay nada entre nosotros.

—¿Eso qué es? ¿Que vas a tardar más de una semana en enrollarte con ella?

—Las cosas serias llevan su tiempo.

—Pues por eso, cuanto antes te lances, antes empiezas a ver si funciona la historia o no.

—Ni hablar, cuando surja, surgió. Nosotros los heterosexuales no somos tan promiscuos.

—Querrás decir vosotros los carcas, los antiguos, los remilgaos, porque conozco heterosexuales más rápidos.

—Si es que no me va a llevar a ninguna parte explicártelo.

—Inténtalo.

—No pienso.

—Te veo bajo.

—Bajo y gordo, como siempre.

—Bajo de moral.

—Ya lo había pillado.

Otra vez ha dado en el clavo de mi sensibilidad, de mis contradicciones. Me está intentando arrancar la cobardía por la vía rápida. Pero son muchos años de complejos y de derrotas para arreglarlo todo en una tarde. No creo que sea yo quien tome la iniciativa con Julia. Tengo demasiado miedo al ridículo como para probarlo. En mi mente sólo cuento con un cinco por ciento de posibilidades de éxito. Más en pleno proceso de desaparición, como en el que estoy. Si lo descubre, además de un adefesio gordo, medio amargado —porque todavía no me he amargado del todo— seré un fantasma.

—A ver si te cortas las uñas, que pareces el guitarrista de La niña de los peines, me dice Juan.

Salgo de mi ensimismamiento y extiendo la mano para comprobar si tiene o no razón.

—Ya, respondo, sin mucho ánimo.

—Pero, ¿me puedes decir qué te pasa?

—Naaada.

—Algo te pasa, ¿qué?

—¡Que nada!

Acaba de salir Monchón el iracundo, el que bufa a sus amigos lo mismo que a sí mismo cuando no se gusta. Juan no tiene la culpa de mis limitaciones y de mis malos rollos. Será mejor que nos llevemos bien. Sale más a cuenta. Voy a necesitar mucho apoyo moral en los próximos días.

—Oye, oye, calma, me frena Juan.

—Vale, perdona, pero es que no me pasa nada.

—Sí te pasa.

—Dale.

—Sí te pasa, Monchón, que yo sé cuándo estás bien y cuándo no.

—Pues vale, joder, si lo sabes tú y no lo sé yo, explícamelo.

—Creo que te asusta tu propia cobardía.

—Como para que no me asuste.

—Ves, pues eso es lo que te ocurre. Yo puedo animarte a deshacerte de ella, pero me tienes que dejar, me tienes que escuchar.

—Si te escucho.

—No, no me escuchas. No me quieres escuchar, mejor dicho.

—Eres como una madre, Juanito.

—Y tanto, la que tú necesitas.

—Ya tengo una.

Juan ni responde. O mejor, sí lo hace. Con una mirada que es el espejo de mis propias mentiras, o el frontón donde rebotan las pelotas que no le echo a la vida. Es curioso, pero de alguna forma, me he convertido en adicto a ese gesto suyo. Cuando sabe que es demasiado duro rebatir algo con palabras enseguida zanja la conversación, estira los ojos, después la boca y acto seguido sonríe. Es su manera de exigirme plena sinceridad.

—No me mires así, coño.

Juan retira el gesto para buscar al camarero y pedirle el postre.

—¿Nos tomamos una crema catalana?

—Como quieras. Pídela, yo te ayudo.

—Las cosas hay que buscarlas, no esperarlas sentado, me dice Juan.

—Ya, pero sabes que yo soy así. Tú eres activo, yo pasivo.

—Depende en qué términos. Te sorprenderías mucho.

—Joder, qué chorra eres, Juanín.

—A lo que íbamos. Que mañana la llames, la invites otra vez a salir, pero no por la noche, por la tarde, el sábado por la tarde, que suele ser una hora muy propicia para la libido.

—A mí, los sábados por la tarde, lo que me gusta es dormir la siesta.

—Ya, Monchón, pero, ¿a que tienes más sueños calentorros los sábados por la tarde que cualquier otro día de la semana?

—Pues a lo mejor es verdad.

—Eso, tú llámala para quedar el sábado por la tarde, para ir al cine, dar un paseo, tomar el aperitivo, un *brunch* de esos que empiezas a la una y luego te duran todo el día y ahí ya, pues, levantas tus cartas.

—¿No será mejor el domingo?

—¡Qué no! ¡Qué no, Moncho, por el amor de Dios!

Ahora el que ha levantado la voz es él. Y lo ha hecho a la desesperada. Cuando invoca a Dios equivale en mis términos de juramento a una blasfemia. No lo dice con todas las letras, pero lo piensa, me apuesto un foie importado y entero.

—Vale, vale, el sábado.

—Es que consigues sacarme de mis casillas a veces.

—No creo que haya gran diferencia entre el sábado o el domingo. Los domingos son más de *brunch*, de hecho.

—El *brunch* es lo de menos, Monchón, concéntrate en lo que importa. Julia es el objetivo, no el *brunch*. Quien dice *brunch*, dice tortitas con nata.

—Bueno, vale, el sábado. Te lo prometo.

—Pero llámala mañana, que si no hará planes.

La crema catalana ayuda a vencer mis reticencias porque descubro en su textura cierta inclinación a la comedia romántica, que es el género cinematográfico o teatral, como se quiera, con el que me gustaría adornar mi vida en los próximos tiempos. Y fueron felices y comieron perdices... ¿Ves como los finales felices siempre van acompañados de comida? Pero no le voy a comentar esto a Juanito, porque me va a echar la bronca con esa teoría suya de las prioridades. Dice que me concentre en Julia, pero yo necesito pensar en las dos cosas, en Julia y en lo que vamos a comer, porque sé que así resultará todo mejor. Además, con ella es con la única mujer con la que puedo compatibilizarlo, eso es lo que me gusta.

—Acuérdate de cortarte las uñas que eres un dejao y un poco desastre, que se trata de conquistar a la mujer de tu vida. Y el viernes vamos a ir tú y yo de compras. Por ejemplo esas gafas tienes que pensar en ir cambiándolas porque, aparte de que están pasadas de moda, siempre te han hecho la cara más redonda y ya no te aguantan ni las patillas, así que vamos a dar un pequeño vuelco a tu imagen. Mejor mañana que pasado. ¿Estás muy liado mañana?

—Lo de siempre.

—Pues podemos hacernos un hueco a la hora de comer o así para gastarnos unos durillos.

—¿A la hora de comer?

—Sí, a la hora de comer, picamos algo rápido por aquí por el barrio y luego hacemos las compras, o antes.

—Sabes que para mí la hora de comer es sagrada.

—Pues ya es hora que vaya dejando de serlo, porque si hicieras como yo, irte dos o tres días al gimnasio a esa hora, pues se acabarían los complejos y te quedarías como nuevo.

—Bueno, vale, haré una excepción, pero que no se repita.

Parece que Juan no ha notado nada raro. Yo también me veo las manos y las uñas, pero de lo demás no estoy seguro. Pagamos y nos vamos a ver a un amigo suyo al Teddy Bear, «un bar de osos», dice Juan, pero antes se asombra de que haya salido tan abrigado a la calle cuando el termómetro de la esquina marca 15 grados. Llevo abrigo, bufanda y sombrero. Todo oscuro. No quiero que un resquicio de mi carne transparente le haga sospechar.

—Te das un aire a *El fantasma de la ópera*. Quítate algo. La bufanda, por ejemplo, que me estás dando un calor...

Él va impecable, con su traje a rayas, su camisa de seda egipcia blanca y esta vez sin corbata. No mira la cuenta corriente al entrar en una tienda y el vestidor de su casa es como el que debía de tener Cary Grant.

—¿Qué es eso de los osos?, le pregunto con retraso, al caer en la cuenta de la mención.

—Ahora lo vas a ver.

## 13

## BAILEYS CON HIELO

En la entrada del Teddy Bear hay un portero calvo, con perilla y vestido con camiseta negra de tirantes con algunos kilos de más, pero no en exceso. Lleva un fajo de entradas en la mano y está colocado delante de un cartel desde el que sonríe un enorme osito de peluche con atuendo fosforescente y un lema debajo: «Gruñe rosa». Yo le miro sonriente, intento evitar que le traspase mi desconfianza. Él recibe a Juan con un gesto amable y cómplice y nos da las buenas noches antes de dejarnos vía libre para entrar en el local sin ninguna condición.

Al abrir la puerta, retumba un chunda-chunda infame de invitación al canibalismo, que envuelve el sonido estridente y repetitivo de tres notas de ordenador. Se me empañan las gafas, casi no puedo ver, me las quito para limpiarlas y no alzo la vista al frente para fijarme en esa pasta oscura de humo, sudor y voces que componen la genética del local, atestado de carne. Una cosa sí me ha llamado la atención: hay muchos gordos peludos por metro cuadrado, tantos como champiñones en el bosque de Caperucita un día lluvioso.

Uno de ellos pasa junto a mí, animado por el ritmo que impone la dictadura de un disc-jockey con improbable gusto por nada. Me roza y de un manotazo brusco me tira las gafas al suelo.

—Uy, perdona, me dice.

Pero yo ni le escucho, porque ya estoy palpando por el piso negro y plastificado a ver si las encuentro. Juanito, que iba delante de mí, no se ha dado ni cuenta del incidente. Probablemente tampoco le ha oído disculparse, ni a mí blasfemar. Como, encima, estoy a pie de tierra, no logra distinguirme entre ese laberinto de grasa y pelusa que es este Teddy Bear maldito al que en buena hora me trajo. «¿Dónde cojones habrán ido a parar?», me pregunto, interiorizando mi desconcierto.

—Moncho, ¿qué pasa?, me dice Juan, que ya me ha encontrado.

—Que un mamón me ha tirado las gafas al suelo. Ayúdame a buscarlas, que yo no veo un carajo, tienen que estar por aquí.

—Pero, ¿dónde te ha pasado eso?

—Aquí, precisamente aquí mismo, le respondo segurísimo, sin calcular que en esas situaciones puede ocurrir como con las resacas o las mareas de fondo, que la corriente te lleva.

—Pues aquí no hay nada.

—Busca, anda, busca, antes de que las pisen y se jodan.

—Mira, si te las pisan y las destrozan mejor, así ya no pones reparos a comprarte unas nuevas.

—¿Qué?

—¡Que si te las pisan eso que salimos ganando!

Juanito no hace mucho amago de buscar, además, le interrumpen constantemente cuando le reconocen hasta en cuclillas.

—Nada, Moncho, aquí no están. Alguien habrá dado una patada sin darse cuenta y las habrá desviado. Luego va a ser más fácil, cuando se despeje esto de gente. ¿Las necesitas? ¿De verdad son indispensables?

—No, no, indispensables, no. Si me traes un perro y un bastón, nos arreglamos, ¿no te jode?

A Juanito le entra la risa.

—Ay, perdona, Monchín. La verdad es que tengo razón yo, porque ni siquiera tienes que conducir ni nada. Y así adelantamos lo de comprar otras sin falta mañana. Anda, vamos a tomar algo y luego les decimos que si las encuentran nos las den, que son nuestras. ¿Qué te pido?

—Lo de siempre. Mi whisky.

Se va a la barra y yo me levanto para intentar orientarme en este nuevo mundo extraño, donde no acabo de comprender nada. Soy un forastero en una ciudad en la que no se habla su idioma, o un Robinson Crusoe en una isla desierta. Juanito se ha acercado a la barra con algo de dificultad y me ha dejado aquí, solo, a merced de estos seres curiosos que ni me miran, pese a que doy la nota, con mi camisa de Lacoste verde oscura y mi pantalón de pinzas azul de lo más normal, que es lo que llevo debajo de los abrigos, la bufanda y el sombrero. No levanto la más mínima curiosidad entre su jolgorio de piel, fiesta, calor e instintos desaforados. Les debe de repeler mi apariencia de vulgaridad reprimida. O quizá soy realmente invisible para ellos, como lo soy para mí. Me aterra que vayan a ser éstos quienes confirmen mis mayores angustias. Cuando Juanito vuelve le pregunto:

—¿Adónde me has traído, cabrón?

Sonríe maliciosamente.

—A que veas mundo.

Yo le devuelvo un gesto escéptico, que finja un poco mi pretendido cosmopolitismo.

—¿Qué mundo es éste?

—Son osos, una tribu en la que te podrían admitir sin ningún problema en cuanto te quites esos polos de pijo que llevas encima, los cambies por camisetas negras de tirantes y te compres gafas nuevas.

—Son los únicos polos que encuentro que me quepan. No los llevo por gusto.

—Mira, mira, sin complejos, suelta Juan señalando al frente.

Entre la bruma de mi miopía estática y sin aumento desde los dieciocho años, descubro un bulto de dos seres abrazándose, magreándose y besándose en la boca y en la cara entre un coro de colegas que les anima con palmas y movimientos de pelvis poco incitantes a mi juicio, pero la mar de provocadores para ellos. Si tuviera las gafas puestas podría distinguir hasta la saliva y las gotas de sudor que les caen por la calva y los pliegues rellenos de sus caras de camioneros en celo.

Le voy encontrando la gracia al sitio. Es más, una vez vencida la primera impresión, hasta me parece admirable esta reivindicación de la diferencia, no exenta del asco que sin duda me produce porque no hay que olvidar que yo, hasta ayer, era un esteta racionalista y escuchaba a Supertramp.

—No se cortan un pelo. Aquí metía yo a los meapilas del gobierno regional para que les dieran un revolcón, le propongo a Juan.

—No les iba a venir mal, responde.

El corro se anima cada vez más. Algunos le echan agua, para humedecer el ambiente eléctrico y provocar un cortocircuito que va a terminar en locura desaforada. Es lo más próximo a Sodoma y Gomorra o a una bacanal romana que yo me he encontrado en vida. Veo que uno con camisón de cuadros modelo leñador de las altas cumbres agarra un Baileys con hielo en vaso de tubo y se acerca al grupo. Se lo derrama encima a la pareja exhibicionista, que recibe el regalo como una ducha de esperma dulzón.

Sus amigos se parten de risa y algunos atrevidos, excitados, traspasan el círculo y les lamen las calvas. Es realmente asqueroso, pero lo pasan como nadie y contagian un entusiasmo sano que no se detiene ante ninguna convención.

—Vaya, pero si ése es Marcial.

—¿Quién?

—Marcial, el chico que he venido a buscar.

—¿Ése? ¿Quién?

—El que está en el corro.

—¿El que está en el corro?

—Sí, dentro, de los dos el más calvo y más gordito.

—¿Ése es Marcial?

—Sí, ése. ¿Qué pasa?

—No, nada.

—Es que no lo distinguía bien, pero ahora sí, ahora sí lo veo. ¡Marcial!

—Shhh. ¡Calla!

—¿Cómo que calle?

—Calla, que nos miran.

—Pero, ¿qué te pasa, Monchón? Que no estamos dando una vuelta por el Sardinero. Que aquí no nos van a criticar porque conozcamos al más salvaje de la fiesta.

Yo me trago mis remilgos y dejo que se acerque al rey del mambo, que parece haber terminado su *Peep Show* grasiento.

—¡Marcial!, repite Juan.

Yo ya no digo nada. El tal Marcial se acerca. Se abrazan fuerte y se besan en los morros.

—¿Qué pasa, Juanito?, le dice.

Marcial debe pesar 125 kilos, por lo menos. Luce una gordura proporcionada con una altura prominente de jugador de rugby, labrada con muchas costillas a la brasa. Pero lo que más me sorprende no es su calva, su pelo rapado que ahora brilla por el sudor y las luces, tampoco su barba al compás de la cabeza, ni los anillos con calaveras que se esconden entre los repliegues de la grasa de sus dedos rollizos, mucho menos el olor a choto que desprende y que no atenúan las gotas de licor que lleva impregnadas en su pelambrera corporal protuberante, lo mismo en el pecho que en el sobaco, del que le sobresalen pelos hasta por fuera de esos brazos rechonchones. Lo que más me llama la atención es su voz de pito, su voz de soprano lírica, que hace que me tenga que reprimir un poco la risa.

—Mira, te voy a presentar a un amigo. Moncho, Marcial; Marcial, Moncho.

—¿Qué tal, Moncho?, dice.

Acto seguido se abalanza sobre mí para darme dos besos después de chocar las manos. Yo me dejo llevar como un muñeco.

—Hola, encantado. Ya veo que aquí lo pasáis en grande, le digo, con esa amabilidad un tanto cumplida, babosa y estandarizada de los padres que van a buscar a sus hijos a las fiestas de cumpleaños.

—Pues sí, mira.

Marcial tampoco repara en mi aspecto. Estos osos se deben oler a varios kilómetros de distancia y seguramente saben quién pertenece a la tribu y quién no. Me ha dejado la mano un poco pringosa y nuestra toma de contacto ha sido resbaladiza por esa sobrecarga de sudor que lleva encima. No me atrevo a limpiarme los papos, pero me siento un niño repelente que no soporta que le anden chupando.

—¿Me pides una cerveza, Juan, que ahora vuelvo?

—Te la pido yo, ofrezco amablemente.

—Vale, como quieras, responde Marcial.

—¿Tú quieres otra cosa, Juanito?

—No, yo no, gracias.

—Oye, si tenéis que hablar o algo, yo me piro, que mañana tengo que madrugar un poco.

—No, hombre, quédate algo más y ahora nos vamos. Acábate el whisky tranquilamente.

—Sí, sí. Me acabo el whisky y me voy. Pero pregunta por las gafas antes de salir, que seguro que tú esperas a que se despeje.

—No te preocupes. Pero tampoco salgas huyendo como si te fueran a comer, que aquí no hacen nada.

—No, ya, si no es por eso, de verdad.

Mientras me doy la vuelta para pedir la cerveza de Marcial en la barra, siento algo palpándome los pantalones. No me atrevo a mirar inmediatamente a mi alrededor y espero unos segundos a hacerme a la idea de que me están metiendo mano. Cuando recibo el mismo mensaje por segunda vez, entonces sí, entonces sí miro.

Juan se ha despistado, está a unos tres metros de distancia y no se ha percatado de la escena. Yo caigo en la cuenta de que una cara de oso angelical me mira a la izquierda de la barra y se pasa la lengua por los labios. No soy capaz de sonreír, ni encolerizarme, tampoco sé muy bien qué se debe hacer en estos casos. Es la primera vez que me siento acosado y hasta me halaga. Tengo sentimientos encontrados.

Trato de avisar a Juan con una mirada de socorro. Mi vecino de barra me espeta algo y antes de que yo pueda oírlo, Juan le espanta.

—Oye, guapo, que está conmigo. Búscate otra hamburguesa.

Me asombra la terminología. ¿Hamburguesa? Los miro a los dos. El otro no se rinde.

—Qué pena, con las cosas que le iba a poder enseñar.

—Hasta luego. Encantado.

—¡Marchando un MaCtonto con queso! Así que hamburguesa, ¿eh?

—¿No te parece una excelente metáfora para tu oronda persona?

—Me parece un gran piropo. Y merecido. Lo dicho, yo me piro.

—Que te esperes, hombre.

—Que no, adiós.

Me bebo el whisky de un trago y salgo sin opción a que me convenza.

—Me despides de Marcial, le dices que ha sido inolvidable. Y consígueme las gafas, ¿vale?

—Vale. Adiós, bonito.

Salgo como alma que lleva el diablo. En la calle todo está borroso, pero cierto aire fresco me rasga los ojos, aunque sin que eso llegue a regalarme claridad. «Debería operarme la miopía», me digo. Pero luego me quito la idea de la cabeza. Las gafas son parte de mí, una especie de bastón con el que he llegado a encariñarme, el único elemento de mi cuerpo palpable que jamás llegará a desaparecer. Aunque acabe de perderlas...

¡Pero qué chorradas me digo! He salido del Teddy Bear como en estado de shock, medio alelao. Debo conseguir un taxi. Pero no precisamente aquí, para que el taxista piense mal y me despache como a uno de la tribu osezna. Decido avanzar cien o doscientos metros hacia la Gran Vía, donde en la noche todo se confunde, lo mismo las putas subsaharianas que los vendedores de discos pirata que deambulan como pastores con sus sacos a cuestas. Lo mismo los foráneos que han venido a la capital a un congreso y pasean su soledad de viajeros laborales por este zoo de alquitrán y almas derrotadas con el nudo de la corbata desabrochado porque les oprime su pobre vida uniformada y depositan una escasa ración de libertad en ese insignificante acto de rebeldía; igual los barrenderos con ese movimiento constante de manos y cadera con el que nos libran de la ración de mierda diaria que dejamos sobre el asfalto y los policías, que atenazan su presencia amenazante con esa amabilidad que emplean para desalojar a la podredumbre de quien se busca la vida en las calles.

«Es gorda la Gran Vía», pienso. Pero nadie repara en mí. Ni las putas me silban al paso y me tientan con sus tarifas, ni los manteros me ofrecen su mercancía. Ni los barrenderos me piden permiso para sacudir su escoba bajo mis pies.

Parezco invisible. Soy invisible.

## 14

## PASTEL DE CARNE

No recupero mi nariz taponada, no huelo. Tampoco siento esta mañana el retorno de un aliento especialmente pestilente. Cuando salí ayer del Teddy Bear, entre noqueado y medio ciego, parecía que todo se hubiera parado. Será que me influye mi nueva condición de fantasma, pero la verdad es que todo me parecía neutro como el conglomerado de madera, como el algodón. Después de la escena de ducha con Baileys dejé de sentir olores y sabores. O eso creo. Estoy confundido.

Bebo un vaso de agua. Sigo afrontando mi vida con la vista al frente, sin reparar ya en qué me falta porque sólo encuentro la cabeza en el espejo y mis manos son los únicos miembros de mi cuerpo que todavía puedo ver.

¿Oigo? ¿Escucho algo? En la casa me chirría un silencio de monasterio laico. Apenas circulan coches por la calle, no me llegan desde el patio los sonidos de alguna sartén, ni el murmullo de alguna radio alterada. Pero sí. Ahora aprecio levemente cómo cantan mis pájaros vecinos. De todas formas, voy a relajarme con algo de música. Me enchufo las arias italianas de Gluck por Cecilia Bartoli, esa mujer de voz carnosa, sensual, juguetona, reina del placer de mis oídos.

El café está listo, pero su aroma no ha invadido la casa. Parto unas naranjas aparentemente dulces por su textura fina y su peso, pero no me salpica el olor del jugo. Tampoco es que no pueda respirar, ni padezco un malestar de tuberías atascadas. ¿Cómo voy a sentir eso si no me veo las vergüenzas de mi cuerpo desbordante?

Mientras, Cecilia canta un aria de *Ezio* y se pregunta: «Ay, pobre de mí, ¿es este que yo respiro el aire del Tíber?». Y sigue: «¡Oh recuerdos! ¡Oh tormento! ¿Puedo hablar? ¿Puedo respirar?».

¡Me cago en todos los santos! Lo quito. Apago. Me invade una taquicardia. Pero, ¿desde dónde? Miro hacia abajo y me han robado el pecho. Sin embargo, trato de llenar de aire mis pulmones invisibles. Me acerco a la ventana. Aspiro, cierro los ojos. Me relajo, aunque el aire llega neutro, sin ese olor a contaminación escondida que corre por Madrid.

No sé si la mañana está fresca, tampoco siento las corrientes de aire. Deben ser las nueve y media o algo por el estilo. Juanito no llamará hasta las once. ¿Y si llamo yo? Estará ya en pie, trabajando, madruga moderadamente. No, lo dejaré y aclararé mi mente turbia antes de hablar con nadie.

Intento saborear un café recién hecho, aunque despojado de aromas. Doy mi primer sorbo alzando la mirada porque tengo miedo de que se me salga del cuerpo invisible e inunde el suelo blanco de la cocina. No ocurre nada. No sabe a nada. Noto cómo se asienta en el estómago y así voy verificando la presencia de mis órganos internos.

Primero los pulmones, ahora el estómago, dentro de nada vendrán los intestinos, porque el café produce dentro un efecto laxante inmediato.

Desde luego, para el baño voy. Me siento en la taza y miro al frente mientras aprecio perfectamente —con la imaginación— cómo suelto lastre, cómo despido los restos del *rosejat* y demás exquisiteces. Esta vez no necesito ni limpiarme. Pero lo voy a hacer aunque sea de manera testimonial. No me asalta el olor, ni quiero ojear al fondo, no vaya a ser que tampoco exista. Miro de soslayo y compruebo un bulto marrón, borroso, una visión que no voy a atinar más en sus formas sin gafas.

Verificarlo no me ha tranquilizado. Ni mucho menos. Ahora noto una arcada indigesta. Respiro otra vez. Es una arcada que me ha producido lágrimas del esfuerzo. Vuelvo a respirar. Recupero la tranquilidad. Me tumbo. Miro al techo.

Haré planes. Voy a echar un buen rato hablando con Juanito, también con Manolo. Ojalá llame Julia. Tengo que llevarla a la ópera. *La bohème*. Es fantástico, todo un título para crear adeptos. De hambre, amor y lágrimas. Debo calmarme antes. Espiro, inspiro; espiro, inspiro.

¿Y si dice que no? No, no puede, no puede negarse a ver *La bohème*. Claro. Voy a recuperar el café y esa naranja que he dejado a medias encima de la mesa de la cocina. Espiro, inspiro; espiro, inspiro. Deben de ser ya las diez. Miro el reloj: las diez menos diez. No andaba desencaminado. Tengo un reloj biológico. Un reloj biológico del que ya me puedo ir despidiendo. Ahora suspiro a traición. Me siento mísero. Se me empañan los ojos. ¿No iré ahora a llorar? Si quiero llorar a gusto sé a quién debo escuchar:

a Beethoven. O a Puccini. Con Puccini siempre lloro...
Y con Beethoven, que me recuerda a mi padre.

Hacía mucho tiempo que no tenía ganas de llorar así,
de repente. Estoy a favor. El llanto limpia. Enchufo el
tercer movimiento de la *Novena sinfonía*, que nunca me
falla. Me tumbo y lloro a placer. Son quince minutos de
llorina sin interrupción. Con mi café y mi naranjita. Todo
un festival de líquidos. Toda una terapia.

No sé por qué me viene a la mente el pastel de carne.
No ese que presentan en las películas con banquetes ingle-
ses de postín, al que acompañan con guisantes y puré de
patatas, sino el que nos vendían por 15 pesetas en los recreos y que estaba hecho con las sobras reposteras del día
de los obradores. Todos los días me comía dos: uno por
la mañana y otro antes de entrar en clase por la tarde en
el nuevo colegio de curas al que nos cambiaron a Juanito
y a mí cuando cumplimos trece años y que no era mixto,
como al que íbamos. Tenía un sabor insípido, pero nos
llenaba el estómago de una nada dulce que aplacaba las
energías de una adolescencia sin más niñas en clase que
los retratos de la Virgen María.

Lo bañaban también de una capa marrón que llegá-
bamos a imaginar que era chocolate cuando no era más
que un colorante miserable. Esos kilos y kilos de pastel
de carne que me tragué en mi edad pavoneante de pro-
yecto de chon cebado han debido de quedar en alguna
parte de los pliegues de mi cuerpo perdido, pegados a alguna costilla, porque creo firmemente que la historia de
nuestro cuerpo se construye con la materia de lo que hemos comido y que queda incrustado en nosotros como el
barro de las cerámicas. Creo que hoy me desayunaría uno

porque esa materia insulsa, sin sabor, sin olor es lo que más me conviene esta mañana, cuando siento que también van a volar mis sentidos, incluso los reflejos que me hicieron convertirme en portero legendario de mi colegio. Quería ser delantero, pero el gallito del equipo, Miguelín, el bala, al que llegaron a fichar para el Racing de alevines, sólo me dejaba ponerme de portero. «De portero Monchón, que lo ocupa todo», manducaba él y todos a la orden.

Debo ser positivo mientras lloro. No quiero cocerme en mis frustraciones. Pero no, mientras lloro no puedo pensar bien ni mal. Las lágrimas todo lo echan abajo y no es cuestión de pensar, es cosa de sentir para no estropear el llanto. Me dejo llevar por las lágrimas y la música. Hasta los surcos del agua salada que se desliza por la cara se mueven al ritmo de los violines, como debe ser. Para eso se creó también la música, como un vehículo que surca el río de nuestras desgracias.

Suena el teléfono. Menos mal que ya ha terminado el movimiento y he podido desahogarme a gusto. Si no, no lo cojo.

—Diga.

—Hola, soy Juan.

—Ya, le respondo mientras sorbo alguna moquera.

—¿Te pasa algo?

—¿A mí? Nooo.

—Tienes la voz tomada, Moncho. ¿Cogiste frío ayer?

—No sé. ¿Encontraste mis gafas?

—Sí, las encontraron. Pero, nada, olvídate, han quedado como para el museo de la guerra.

—Ya. Mis pobres gafas.

Me traiciona otra vez la llantina, pero no creo que Juan lo haya notado. Le echo teatro, aunque un suspiro me delata.

—¿Qué te pasa, Monchón? A ti te ocurre algo.

—Nada, que no, que no me pasa nada.

—No me engañes. ¿Has desayunado?

—Sí, un café y una naranja.

—¿Sólo?

—Sólo. Bueno, ¿qué hacemos, entonces?

—Pues irnos a por unas gafas nuevas para el niño.

—Vale. ¿Cómo quedamos?

—A las dos en el Gijón, que el sitio al que te voy a llevar está detrás.

—Bien, a las dos.

—Uy, que pocas ganas de cháchara tienes esta mañana.

—Las justas, Juanito. A ti, ya te veo, como una moto. ¿A qué hora te acostaste?

—Bah, sobre las tres.

—¿Sobre las tres? Y no tuviste ningún extra.

—No, a dormir como un niño.

—¿El Marcial no te hizo proposiciones?

—No soy su tipo.

—Ya. Bueno, pues eso, a las dos.

Colgamos, menudo asco no poder compartir estas desgracias mías con nadie. Tener que comérmelo todo yo solo. Si lo contara me encerrarían en un psiquiátrico. Mejor, me lo trago. Nadie debe reparar siquiera en mis sospechas. Parece que me ven entero. El problema es mío, está en mi cabeza. Siempre he renegado de mi gordura, pero bien saben Dios, y Satanás y todos los santos que deseo recomponerme.

Apago la música. Voy a armarme de valor para llamar a Julia e invitarla a la ópera. La esperanza de la cita me quitará los males de la cabeza. Marco su móvil. Son ya las diez y media pasadas, seguro que no la despierto.

—¿Julia?

—Sí... Hombre, Ramón. ¿No me ibas a llevar a la ópera?

—Para eso te llamo.

—Ah, bueno. No quería hacerlo yo para no resultar abusona.

Noto por cómo habla, con palabras entrecortadas, que mastica algo.

—Me coges con el cruasán en la boca. Espera, lo dejo y acabo el café que si no, nos enrollamos y se enfría.

Hace una pausa. Su ausencia de complejos no deja de asombrarme. Es admirable, ¿o no?

—Ahora. Bueno, ya estoy desayunada. Yo no perdono mi bollito por las mañanas. ¿Qué tal estás?

—Bien, muy bien. ¿Y tú?

—Pues ahora que me acabo de terminar el desayuno, como nueva. Creo que te iban a llamar del periódico para encargarte no sé qué movida.

—Ah, pues no han dado señales. No estaría mal que lo hicieran ahora porque esta temporada ando muy tranquilo.

—¿No te han dejado un mensaje ayer?

—No he revisado los mensajes, la verdad. Pero, en fin, a lo que estábamos. ¿Quieres que consiga unas entradas para ver *La bohème*?

—Hombre, claro.

—¿Para cuando te viene bien?

—Cuando tú digas. Ya sabes, menos el día de cierre...

187

—¿Para el sábado mismo?

—¿Este sábado? Perfecto.

—Pues dalo por hecho.

—Tendrás que ilustrarme.

—Muy bien. No te preocupes. Te llamo el viernes y quedamos.

—Vale.

Se hace un silencio en el que a mí se me pasan todos los males.

—Ramón.

—¿Qué?

—Ah, sigues ahí.

—Sí, aquí sigo.

—Creí que se había ido la cobertura.

—No, aquí estoy. Te escucho perfectamente.

—No, nada, que gracias.

—¿Gracias? ¿Por qué?

—Pues por todos esos planes maravillosos que me buscas.

—Gracias a ti.

—¿A mí? ¿Por qué? ¿Por ser la gorrona número uno?

—Por ser la gorrona de mis sueños.

—Menudo piropo.

—Quédatelo.

—Vale.

—Bueno, hasta el viernes. Te llamo.

—Muy bien. Hasta el viernes.

No acabo de asimilar mi atrevimiento. ¡La gorrona de mis sueños! Ha sido toda una declaración. Y ella se lo ha tomado bien. Le ha gustado, pese a ser el peor cumplido amoroso que haya hecho un hombre en la historia de las telenovelas. Ni Corín Tellado.

Ya me dispongo a seguir mi mañana con otro ánimo.

Voy a ducharme. Menuda ocurrencia de marciano. A ducharme. ¿A ducharme qué? La sombra de mi cuerpo gaseoso, el aire en que me he convertido. Qué poco dura la euforia en casa del desgraciado. Aunque también es cierto que debo guardar las apariencias, porque el resto de los mortales me ve. Y la cabeza siempre saldrá refrescada.

Me desnudo sin mirarme. Entro en la bañera y dejo que caiga el agua a la temperatura neutra perfecta, templada. No necesito sensaciones extremas en mi vida. Hoy será otro día más de mi desaparición, el día en que también he perdido el olfato, el gusto y he quedado cegatón por haber condenado mis gafas. Parezco un mueble, una aspiradora, un electrodoméstico que se mueve por la casa. Ni siquiera eso, al menos esos objetos cumplen su función, tienen su sentido en la vida. Yo lo estoy perdiendo y Julia es la única que puede salvarme del hundimiento.

El agua cae encima de la cabeza. Despeja y aclara la mente, aunque tengo miedo que la presión del chorro la haga botar como un balón. No ocurre nada. La cabeza sigue a la misma altura, apoyada en mi cuello invisible y una papada ausente. La ducha es creativa. Son cinco minutos diarios en los que detenemos el tiempo y nos entregamos a la abstracción. Mi mente se convierte en un cuadro cálido de Mark Rothko, pintor de nebulosa, con cuya atmósfera carnosa me identifico en esta nueva etapa vital. Así es como me siento, abstracto, inaprensible, materia de sueños y sensaciones confusas, pasta de óleo colorido dentro de un cuadro de Rothko. Un cuadro rojo de Rothko de esos que parecen salsa de tomate para mojar.

## 15

## TOSTAS

—Éstas no pesan nada. Pruébatelas.

Juanito me tiene en sus manos. Yo, ni rechisto. La gordura es una cosa subjetiva, repito. Es mejor que te vean a mirarte tú. Hay que delegar las cosas de la estética.

—Pero con éstas no me queda la vista cubierta, se me escapa la miopía por los lados. Veo borroso, no cubren todo el campo.

El dependiente y Juan se entrecruzan un gesto cómplice.

—¿Tienes algunas con las lentes un poco más grandes? Ya le has oído.

El dependiente luce manos de manicura aplicada y resulta todo un perfecto ejemplo de ambigüedad metrosexual. Debe de estar enganchado a las barritas dietéticas y a las bebidas isotónicas. Es moreno, lleva el pelo engominado y revuelto en punta, una barba incipiente muy cuidada, mide metro noventa y viste una camiseta negra ajustada con un dibujo en el que se ven unas gafas suspendidas en el aire.

No habla, sólo cumple al pie de la letra lo que le dice Juan, con quien se comunica a través de gestos que denotan hartazgo por adelantado hacia el cliente que debe atender.

A mí me llaman la atención unas de pasta azul.

—Mira éstas, le digo a Juan.

—¿Adónde vas?, responde él.

El dependiente las retira en cuanto se pronuncia en contra.

—¿Y bien? No voy a poder ni probármelas, por lo que veo.

—¿Para qué? La pasta te hace todavía más redonda la cara. A ti te sientan bien las monturas que ni se notan y de forma cuadrada, alargada, porque si no se te pone cara de garbanzo.

Yo aguanto el chaparrón y el dependiente rebusca en los cajones el modelo que se ajusta a las indicaciones de Juan. Alargadas, con montura casi de aire. Enseguida saca cuatro pares que responden perfectamente a las directrices.

—Eso es, eso es. Éstas... y éstas también. Venga, pruébatelas.

—A mí me gustaban las de pasta.

—Que me hagas caso, que las de pasta te van a quedar fatal. Te van a resaltar todos los defectos y lo que hay que hacer es esconderlos.

Agarro el primer modelo por la izquierda.

—Colócate de perfil, me manda Juan.

—¿Cómo? ¿Así?

—Así. Date la vuelta. No, no, éstas no. Tienen un puente muy aparatoso.

Agarro las siguientes, de tonos grisáceos.

—¿Éstas? ¿Qué tal?

—Bah, son demasiado sosas.

Empieza a agotar mi paciencia con su búsqueda constante de lo perfecto, del 10 en estética, cosa que tiene clara conmigo. Me sale, o mejor, se me escapa un primer gesto de desaprobación palpable contra el que el dependiente y Juanito responden a la vez con otro. Lo nuestro se convierte en una desagradable guerra de muecas y no está muy claro quién va a ganar.

—Oye, no me pongas caras, me reprocha Juan.

—Si me dejaras opinar...

—Si te dejo opinar, pero es mejor que no lo hagas porque tú no te ves y yo sí. Déjame a mí resolver esto.

—Vale, vale, si yo te dejo.

Me pruebo el tercer par.

—Éstas ya me convencen más, ves. ¿Tú qué crees?, le pregunta al dependiente, que ni por esas abre la boca. Se conforma con mover la cabeza afirmativamente y menear los labios con un gesto de satisfacción escéptica.

—Yo me llevaría éstas, que son puro aire. Es que te estilizan mucho la cara, te quitan kilos. Y son muy modernas, sí, sí. Yo no miraría más.

—¿Cuánto cuestan?

—Ay, Monchón, lo que cuesten. ¿Qué más le da eso a un solterón como tú?

—Me da.

—Pero si no te van a salir por más de 300 euros.

—Bueno, ya está bien, 300 euros.

—¿Por unas gafas? ¿Tú cuánto hace que no te compras unas?

—Yo qué sé. Cinco, seis años.

—Pues baratísimas te van a salir, a 50 anuales, haciendo el cálculo. Venga, llévate éstas. No conviene mirar más porque nos podemos volver locos. Paga y vamos a picar algo.

Han pasado ya las tres, pero no siento ni hambre, ni ganas de comer. Juanito, sí. Juanito mataría ahora mismo por un plato de lentejas. Él no lo sabe, pero el hambre lo vuelve autoritario.

—Vamos cerca que si no, me vas a empezar a comer el brazo, le digo.

—Sí, vamos a tomar unas tostas aquí, a la vuelta.

—Unos pinchos, dirás.

—Pues unos pinchos.

—Lo de las tostas es un término moderno, hortera y de diseño para los que somos del norte.

—Vale, pues sí, me dice Juan, con el desprecio que le asalta cuando tiene el estómago vacío.

A mí, la debilidad me produce llanto y como me duele que me hable como a un hijo tonto y ni siquiera me mire a la cara, le digo, con una voz un tanto quebrada:

—No tenías que haberte molestado.

Juan se vuelve y me mira con los ojos vidriosos. Se asusta un poco.

—¿Qué pasa ahora?

—Nada, que si a ti te parece normal cómo me has tratado en la tienda, como si fuese un viejo de asilo, un niño imbécil o un perro, pues vale.

—Pero..., Moncho.

—Sí, Moncho, Moncho. Moncho es invisible, Moncho no cuenta, Moncho no sabe, no entiende. Moncho no tiene gusto. Moncho es un antiguo porque llama pinchos a las tostas, como toda la vida has hecho tú también.

—No me puedo creer esta escena.

Yo entro en ese estado de inconsciencia que sobreviene con el acaloramiento y no reparo en que la gente nos mira por la calle.

Juan responde con sonrisas avergonzadas a los que nos observan, entre curiosos y cotillas, discutir en medio de Chueca como una pareja mal avenida.

—Pues créetela, créetela y así caes en la cuenta de que me has tratado como a un cubo de basura. Y, además, ¿sabes qué? Que me horrorizan las gafas que me has obligado a comprar.

—Tienes hambre, Monchón. Por eso te pones así. Ahora nos comemos unas tostas...

—¡Pinchos, joder! ¡Nos comemos unos pinchos!

—...Vale, unos pinchos y hablamos tranquilamente de lo que te pasa, pero no me montes este número en la calle, por favor. Procura calmarte.

—...

Silencio sepulcral.

—Vete tú delante, que yo te sigo, le propongo un poco más tranquilo.

De repente me entran ganas de salir corriendo, pero también de mantener una conversación con él lo suficientemente grave como para que se alarme. Tampoco contarle lo que me está pasando, pero sí dejarle preocupado, excitarle ese sexto sentido femenino suyo que me ha salvado de tantos abismos.

Llegamos a la taberna de las tostas que tanto le gustan. Yo no tengo ganas ni de elegir porque ni me van a oler ni a saber a nada.

—Pide tú, que a mí me da igual, me adapto.

—¿Y de beber?

—De beber, agua. Voy al baño un momento.

Necesito verme en el espejo, refrescarme la cabeza con agua, limpiar la única parte de mi cuerpo que todavía puedo ver. El camino hacia el servicio se me hace eterno. Temo que las lágrimas me hayan borrado ya el rostro, que sea tarde para recomponerlo, que me haya esfumado y queden de mí solamente los ojos, por ejemplo, como esos dibujos animados a los que se les salen de las órbitas.

«La cabeza, no.» «Mi cabeza, no», voy repitiendo como una letanía mientras bajo las escaleras que llevan al baño. Me miro las manos y me tranquilizo. Todavía existen. Abro la puerta, enciendo la luz y aprecio en el espejo mi rostro intacto. Borroso, pero intacto. Consigo calmarme, me lavo la cara y subo después de escoger con cuidado mi mejor gesto de dignidad para hablar con Juanito.

«Él no tiene la culpa de tus neuras», me digo al subir las escaleras.

Hablaré con él sin intentar alarmarle. Le pediré consejo para mi próxima cita con Julia. Bastante hace ya por mí. Me siento enfrente y no digo nada. Espero a que hable.

—Bueno, ¿qué?

—Nada, ya está. Ya me he calmado.

—Pues si te has calmado me puedes decir qué te pasa.

—Me pasa lo que te puede pasar a ti. Que hoy no es mi día y ya está, eso es todo.

—¿Has tenido problemas con Julia?

—No, al contrario. Hemos quedado para ir a la ópera.

—Ah.

—Nada, no es nada. Perdóname.

—No, perdóname tú a mí, dice Juan.

Cuando se disculpa veo que ya se ha comido una de esas tostas, como las llama él. Y aplacar el hambre le ha devuelto la humanidad.

—¿Estaba bueno?

—¿Cuál?

—El pincho que te has comido. ¿De qué era?

—De bacalao. Te he pedido uno a ti también, nos lo van a traer a la mesa. Yo me he comido el mío en la barra, al pedir, mientras estabas en el baño.

—Se nota que has engañado el estómago ya, porque te has vuelto amable.

Juanito sonríe. Ha renunciado a atacar.

—Últimamente tienes unas reacciones muy infantiles, Monchón. Me tienes preocupado.

—No hagas caso. Ya se me pasará.

—Deberíamos hacernos una escapada por ahí.

—No estaría mal.

—Al Caribe, por ejemplo. A Cuba.

—Imposible. Ya sabes que yo, si puedo evitarlo, no vuelo.

—Tendrás que ir perdiendo el miedo.

—También sabes que no es por miedo. Es desde que no me ataba el cinturón y tuve que sufrir la humillación de pedir un alargador.

—Ya.

—Tú no sabes lo que es eso. Subir con miedo a no poder atarte.

—Pues adelgaza, caramba.

—Pero si yo creo que no adelgazo ya por principio, para reivindicar el derecho a la diferencia.

—Es por salud, Moncho, por salud.

—Bueno, que al Caribe no. A un sitio donde podamos ir en tren o en coche. A Portugal, a Andalucía, a la Costa Brava y así paramos en el Bulli; a Francia, a que se nos pegue algo de racionalismo.

—Bueno, ya lo iremos pensando.

Llegan las tostas, que son pinchos de toda la vida de Dios. Sobre un trozo de pan aliñado con aceite y tomate descansan dos lonchas de bacalao muy jugosas, pero no deja de parecerme una escultura, porque no me llega ningún resquicio de aroma. Juan ha pedido uno de queso de cabra fundido con cebolla pochada del que tampoco me asaltan los olores.

—Qué buena pinta, digo.

Me acerco al plato y huelo como si fuera un perro en busca de su territorio, pero no consigo que nada me traspase al cerebro.

—¿Qué haces, Monchón, hombre?

Juan me recrimina.

—No me huele a nada.

—Ya estás poniendo pegas, pero si huele que alimenta.

—Debo de ser yo, que estoy un poco acatarrado, le respondo carraspeando para resultar creíble.

—¿Lo partimos por la mitad?, propone Juan.

—Como quieras. Pero tú ya te has zampao uno de bacalao. No querrás repetir.

—No me importa, el de bacalao es el que más me gusta.

Juan los divide, yo agarro una de las mitades y vuelvo a llevármelo a las narices sin que nada me llame la atención.

—Moncho, no seas guarro. Deja de esnifarlo.

—Perdón.

Lo pruebo y no digo nada. Quedamos en silencio y Juan no deja de mirarme extrañado. Yo mastico y me concentro en la búsqueda de sabores, pero es como si moviera un trozo de goma en la boca, un chicle sin sabor, de esos que apurábamos en los tiempos del colegio hasta el día siguiente.

—¿Qué?, me suelta para recabar opinión.

—Nada.

—¿Cómo que nada? ¿No te gusta?

—Ah, el pincho. Sí, está bueno, digo, para no levantar sospechas.

—Cómo eres, Moncho. Ves lo raro que estás. Has perdido hasta la capacidad para apreciar lo que comes. A ti te pasa algo gordo.

—¿Qué ocurre? ¿No podemos ya ni diferir en gustos?

—Sí, desde luego. Los tenemos y muy distintos. Pero estas tostas son *bocato di cardinale*. En condiciones normales habrías entornado los ojos y empezado a suspirar y a soltar tacos.

—Bueno, pues hoy no me sale. Pero quédate tranquilo, que sí, que está muy bueno.

—No, no te ha gustado. Eres un caprichoso. Aquí el que descubre eres tú, si no, si lo hacemos los demás, desprecio absoluto. De verdad que no hay por dónde cogerte a veces.

—Pero que te he dicho que están muy buenos. ¿Qué más quieres que haga? Ummm, uy, ummmmmm. ¡Cojones, qué rico! ¿Así te vale?

—No, no me vale. Encima te pitorreas.

Me entra la risa.

—No te pitorrees, Monchón, que me largo.

—Perdona, Juan, le digo sin poder aguantar las carcajadas.

—Tú estás mal. A mí no me engañas.

—Pero, ¿cómo quieres que esté? Si ni huelo las tostas, si me saben a chicle. ¿Qué crees? ¿Que no me da rabia? Con lo buenas que deben estar y yo, incapaz de encontrarles la gracia. ¡Con el hambre que tengo, encima!

—No. A ti te pasa algo más.

—Ya te lo he dicho. Que nada me sabe, que no huelo a nada, que estoy de mala hostia, ¿vale?

—Bueno, pues pagamos y fuera.

—No, no te vayas todavía. ¿Tienes prisa?

—Mucha.

—Pero si son las cuatro.

—Tengo mucho que hacer.

—Espera. Vamos a tomar un café.

Juan ha debido de notar cierta actitud de miedo en mí y acepta quedarse.

—Bueno, un café y me voy, que, de verdad, tengo mucho trabajo. Pero cambia de actitud, ¿eh?, que si no me largo.

—No, de verdad, que me calmo. Me calmo. A ver, ¿cuándo nos vamos de viaje? ¿Cuándo puedes tú? Yo me adapto, cuando tú digas. En cualquiera de esos sitios que te he dicho puedo hacer alguna crítica. A mí me da igual cualquier lugar.

De repente me veo con la cabeza gacha, entregado a mi amigo del alma y es mi propio miedo a quedar solo el que me asusta. Estoy dispuesto a lo que sea con tal de que Juan no me abandone. En cierto sentido, vivimos una relación de amor sin sexo a la que los dos nos entregamos sin condiciones. Tenemos un pacto no escrito. Creo que le he debido de alarmar con mis cambios bruscos de humor. Pero no puedo contarle lo que me ocurre en realidad, porque hasta yo me impresionaría si verbalizara mi experiencia. No lo digo nunca en voz alta. Con pensarlo ya tengo bastante. Con vivirlo, atestiguarlo, es suficiente. No me voy a obligar a decírmelo a la cara. Mientras permanezca en la nebulosa de mi pensamiento y mi imaginación, basta.

—No te entiendo, Moncho. Tan pronto no hay quien te soporte como ahora me sales con esta actitud de perrito faldero. De verdad que me tienes preocupado. Esa chica vas a tener que presentármela porque te está desquiciando.

Hasta en su actitud de desconfianza hacia Julia, Juan parece una mujer celosa, pero debo convencerlo de que ella no tiene culpa ninguna, de que el problema está en mí. Que estos cambios de humor sin lógica son parte de un suplicio inexplicable del que no veo salida.

—Acábate las tostas que es que yo no tengo ni hambre, Juan.

—Yo tampoco quiero más. ¿Pedimos entonces un café?

—Sí, cortado, ya sabes.

Juan se levanta y los pide en la barra. El camarero toma nota y dice que nos los trae a la mesa. Es un personaje desubicado, no casa con la fauna moderna de Chueca. Parece el hijo de un dueño de bar de barrio que ha ido a parar al centro por equivocación o huyendo. Tiene pinta de que le gusten los boquerones en vinagre y las cortezas de cerdo que se ponen tanto de aperitivo, luce aspecto de chaval previsible. Su amabilidad mecanizada, lo delata.

—Aquí tienen, dice al acercarnos los cafés.

—Gracias, respondemos.

—¿Ya has pensado qué vas a hacer con Julia?

Juan entra inmediatamente en materia sentimental porque está convencido de que ése es el problema y debo afrontarlo de raíz. Yo fingiré que es así y me dejaré aconsejar.

—Voy a intentarlo, digo.

—Bien. Si es lo que quieres, vale.

—Es lo que quiero, pero no sé si podré.

—Elimina los complejos, Moncho. No destroces tu vida por un complejo absurdo. Tú vales como el que más. Tú eres capaz de amar como el que más. Métetelo en la cabeza. Cambia de actitud. Atrévete.

Me lo dice mirándome a los ojos, como si fuera un entrenador de fútbol en vísperas de un partido importante. Yo le hago sentir que me ha traspasado su energía.

—Esta vez, sí, Juan. Esta vez, iré a por ello.

## 16

## CASTAÑAS ASADAS

Julia esconde un misterio. En su energía positiva guarda su pequeña onza de chocolate con interrogantes. Esa manera suya de avasallar los prejuicios de la modernidad musculada y citarse con un gordo sin sex-appeal es la que me asombra. ¿De dónde vendrá?

¿De una educación sentimental plenamente igualitaria, de alguna experiencia que terminó en sufrimiento revelador? ¿De las dos cosas..., o de nada que se le parezca...?

El hecho es que Julia despierta cada día más en mí la sed de las preguntas y la avidez de las respuestas que encierran más interrogantes. Por eso agradezco conservar todavía vivos y abiertos los ojos para poder detener el tiempo con la vista nublada y premiarme con la sorpresa de su aparición en las penumbras oscuras de mi casa.

Ahí la veo. Se acerca con su sonrisa dulce y franca, que jamás conoció lo que es el fingimiento o la mueca, sino el agua abierta y desbordada de la naturalidad. Con ese gesto absoluto, Julia afronta la vida, desinhibida, fuerte, de ida y de vuelta. Forjada y sabia ya, tan joven. No seré digno de ella. Estoy seguro. Pero, ¿qué pierdo hablándole francamente?

Antes debo aparcar esos sobresaltos ciclotímicos, esas contracciones del carácter que resultan insoportables y ahuyentadoras para el que esté conmigo. Pero ¿cómo? Respirando hondo en cuanto note que me asaltan, por ejemplo. Dejando la mente libre de agobios. Concentrándome en su rostro, con esas asimetrías y cicatrices que la hacen tan bella, en su olor a lavanda suave si todavía soy capaz de sustraerlo de alguna parte, en sus gestos de sacerdotisa que goza de la vida.

¿Qué querrá de mí? ¿Qué habrá venido a buscar en este puerto de grasa contaminada, de desechos anímicos, atolondrado por la patética ironía que practica y lo defiende de los piratas de la vida? Disfrute, mero disfrute: buenas cenas, buen vino en compañía. ¿Amor? No. No creo. Lo malo es que se ha estampado contra él porque yo lo llevo dentro y hago de mi alma entusiasmada con su compañía una roca que no se romperá sin que la descoyunte el daño.

¿Habrá desaparecido también mi alma? ¿Tendré gorda el alma? ¿Cuánto pesará mi alma? ¿Tres cifras? ¿Quién se atreve a no medir el alma? Si las almas tienen precio, ¿pesarán? ¿O no?

Yo le echo a mi alma los mismos kilos que a mi cuerpo. Debe de ser un síntoma de engreimiento.

Hablando de peso. ¿Por qué no pruebo a subirme a la báscula ahora que sólo me veo las manos y la cara? Doblo la esquina oscura de mi pasillo hacia el baño, donde reposa cada día mi peso desafiante junto a la ducha. Todas las mañanas pienso seriamente en hacerlo, pero desde hace tiempo no me atrevo a dar ese paso. Me coloco encima, con los ojos cerrados, dirigiendo mis pies invisibles hacia una posición de equilibrio: 130. 130 kilos.

Bueno, con disimulo puedo aparentar 110. Marlon Brando llegó a pesar 150. Muchos de los grandes genios del cine han sido gordos. Repasemos el tronco de algunos de los directores que más han influido en la historia del cine occidental. Mi padre siempre me daba estos nombres: Alfred Hitchcock, gordo. John Ford, gordo. Orson Welles, gordo. Francis Ford Coppola, gordo. No es mal consuelo. Podría construir una teoría de peso.

Es sábado ya. Un día tristón, gris, de cielo plomizo y viento raspón. Voy a llevar a Julia a la ópera. Es la gran noche de *La bohème*. La fecha en que me propongo jugarme la vida a una carta que si sale será póker de ases.

No me quedan naranjas. Mala señal. ¿O buena? Buena, porque voy tomando conciencia de mi condición extraña y consigo analizar las cosas con una renacida serenidad que me da fuerza mental. Pero sería mejor si tuviera naranjas, si pudiera alimentar mi clarividencia matutina con vitamina C.

Otra vez elegiré un vestuario oscuro, distante, de camuflaje de las grasas y los repliegues más despreciables de mi cuerpo desaparecido. Un pantalón de algodón, una chaqueta amplia, alguna camisa oscura de lino. Discreto y no más porque los modistas se han empeñado en birlarnos la elegancia a los gordos y nos condenan a las jubilaciones prematuras de los trapos de viejo: menudos hijos de puta, y lo generalizo.

Falta una hora para la cita, pero saldré de casa con tiempo. Me haré el sordomudo con el taxista de turno, por si me amenaza con una teoría propia sobre la historia de España. Necesito concentración. Tranquilidad y concentración. Anoto a mano el lugar donde quiero que me lleve para que la representación del pobre mudito salga perfecta. «Al Teatro Real», escribo. «Por favor», añado para no resultar seco. Ya hago patente mi desprecio con la mascarada.

En la calle, el viento resopla con fuerza pujante y en aumento propio del epílogo de las vendimias. Muerde la humedad y las hojas se revuelven en el suelo gruñendo una sequedad que les ha devuelto de la muerte a la vida en un remolino juguetón. Las nubes vuelan bajas y el taxista, que aparece poco después de que yo llegue a la puerta, se frota las manos para capotear el frío.

Le enseño la nota. Me mira un tanto extrañado y me abre la puerta de atrás sin salir él del coche. Temo que en cualquier momento me vaya a compadecer, pero no. Enchufa música aséptica, la que ayuda a escabullir la atención en el presente con cosas del pasado o planes para el futuro, la que nos libera de la dictadura de lo inmediato para trasladarnos a un lago intemporal.

Es perfecta para mi concentración, porque me importa un rábano. El taxista ni habla, pero mira constantemente por el retrovisor a ver qué hago. Algún farsante le ha debido de meter un palo como el timo de la estampita, porque si no resulta inexplicable tanta desconfianza. Tiene cara de apretarse buenos bocadillos de sardinas en lata porque el coche tiene aspecto de encerrar olor a conserva, cosa que no puedo comprobar, por otra parte, sólo imaginarme.

La ciudad parece serena, ajena al inicio del mal tiempo, sin nostalgia de los climas más suaves en los que se extinguen los melones. Algunos caminantes corren hacia la guarida de sus casas con la prisa que nos mete en el cuerpo la destemplanza. No sé si la destemplanza es más un concepto físico que del ánimo. Muy probablemente sea doble en mi caso, aunque para ser más exactos, yo padezco hoy una destemplanza que ni siquiera encuentro y sueño con convertirme ahora en un muñeco Michelín, para verme al menos vestido de plástico blanco.

El taxista mira para atrás en cuanto para en los semáforos. Al arrancar también lo hace, temeroso de que en cualquier momento le coloque una pistola en la nuca. Su desconfianza no me ayuda a concentrarme en lo que realmente importa. Yo le he dado la nota y no le he dirigido la palabra, pero en ningún momento he llegado a hacer patente ninguna discapacidad.

Cuando llegamos, para y no dice nada. Soy yo el que pregunta:

—¿Cuánto es?

El tipo se sobresalta, como si de mí hubiese brotado una voz de ultratumba.

—¿Qué?, pregunta mirándome esta vez a la cara, sin espejos de por medio.

—¿Que cuánto es?, vuelvo a insistir.

—Ocho euros con cuarenta, dice, con la cabeza gacha.

—Ahí tiene diez, con uno que me devuelva, vale, propongo.

—Muy bien, acierta a responder.

Saca un euro de su cambio y me lo da.

—Gracias, adiós.

No responde siquiera a mi despedida. Yo me he librado de una turra y él se ha ganado un susto a pulso por su desconfianza. Me ha tirado en una esquina desde la que veo el primer puesto de castañas de la temporada. Aspiro el ambiente para reconocer el aroma, pero nada me da señal de ese aire de cáscara quemada y fruto dulce y pastoso que nos libra del frío.

Nunca me apasionaron las castañas asadas, pero siempre compro media docena el primer día que me topo con una castañera en la calle porque sólo verla revolver en ese recipiente de metal quemado me traslada a la infancia, cuando mi padre subía una docena a casa para ver el partido de los domingos por la noche.

«Seis para cada uno», decía. Sabía que le caerían tres o cuatro más porque a mí dos o tres me saciaban de sobra y a mi madre no le gustaban. Me dejaba ver el primer tiempo. En eso era intransigente, solamente en eso. En lo demás, su niño podía hacer lo que le diera la gana mientras no desbordara su paciencia de santo varón, que era mucha.

Era feliz con sus seis castañas asadas. Nunca fue ambicioso, con poco consiguió el secreto de la plenitud. Su método, su forma de disfrutar, era parando para así alargar los buenos momentos. Se comía una paella y lo celebraba. Observarle descomponer un pescao fresco, al que dejaba con las espinas limpias y las cabezas y las colas bien chupadas, era revelador. Gozaba absorbiendo una naranja con cáscara por las mañanas. Paraba. Eso, paraba, se recreaba en el instante, cerraba los ojos, tragaba y decía: «No vivimos mal, ¿a que no?». Sólo así, con la conciencia constante de su fortuna que consistía en atesorar, coleccionar pequeños diamantes de tiempo dándose cuenta de que les había exprimido la felicidad. En eso descansaba su secreto.

Es algo que yo procuro sonsacarle a la vida también a cada paso, pero muchas veces me vence el ansia y ya estoy pensando en lo que voy a hacer después, lo que debo hacer después, lo que ocurrirá mañana. Así no se llega sano a ninguna parte. Hay que parar, hay que parar, pensar, relamerse y seguir.

Son las ocho menos veinte. Tengo cinco minutos para disfrutar de mis seis castañas asadas y comprobar si he recuperado el gusto. Comeré tres y le ofreceré a Julia las que me sobren. Si le entusiasman como a mí será una prueba más de que es la mujer de mi vida. Las he comprado casi sin reparar en la cara de la señora que me las ha vendido, que no lleva un pañuelo en la cabeza y un delantal verde, como aquella a la que se las compraba mi padre.

El papel gris en las que me las ha envuelto sí es idéntico. También lo recuerdo posado encima de la mesa camilla del cuarto de estar, que tenía una lámpara debajo, en vez de un brasero, con la que nos calentábamos en nuestro piso de clase media sin calefacción central. Sobre el envoltorio estirado dejábamos mi padre y yo las cáscaras de nuestra felicidad dominguera de fruto seco y 45 minutos de fútbol.

Las castañas están bien asadas, con algún lomo tostadillo, como se deben hacer. Pero mi lengua muerta no me traslada a los sabores de la infancia. Es como si me hubiera metido en la boca un trozo de cartón. Me dirijo hacia la entrada del teatro y no soy capaz de imaginar un escenario mejor para volver a escuchar una *Bohème*, la ópera de las soledades combatidas con el aliento del arte y el compañerismo, de amores quemados por las enfermedades que no se podían curar entonces al calor de las hogueras, de los sueños de felicidad ardiendo entre los remedios impotentes de la medicina atrasada, de la belleza y la melodía que se cagan encima de todas las modas y corrientes frías y calculadoras. La ópera a la que hay que ir a llorar.

Distingo a Julia puntual en la puerta. Son las ocho menos cuarto ya y ahí me presento, fantasmal, con un papelón apretujado en el que guardo tres castañas como si fueran una rosa. Julia aparece ante mí tal como he soñado estos días. No se le ha borrado su sonrisa de hada serena que seguramente guarda en la boca el antídoto de mis angustias.

—¡Qué puntual!

Es la primera chorrada evidente que se me ocurre decir como saludo. A veces nuestra lengua se adelanta a la verdad de nuestros pensamientos y actúa por libre, con su manía cumplidora. Así nos libra de muchos ridículos y varios psicodramas.

—Tú también, dice Julia, sin borrar la línea ancha de sus labios rodeados por su cicatriz secreta, que en vez de al desasosiego me invitan a la paz y la confianza.

—Te he traído unas castañas asadas. ¿Te gustan?

—Claro. Me encantan. Pero dentro no podré comerlas.

—Sí, discretamente, porque te las he pelado.

—Ah, perfecto, entonces me las guardo.

—Esta ópera hay que escucharla comiendo castañas. Es lo que mejor le va.

—Qué bien. ¿Entramos ya?

—Sí, vamos.

Los acomodadores que reciben en la puerta nos apuntan con sus máquinas del código de barras y tras hacernos la descarga del láser nos sonríen y nos indican: «Por la puerta de la derecha». Dentro encontramos un revuelo de abrigos recién sacados de los armarios, que deben conservar el tradicional e intenso aroma a alcanfor mezclado con los perfumes dulces y pegajosos de las señoronas y las colonias de los ricachones, una peste que me alegro no poder sentir hoy. Perder los sentidos tiene sus ventajas.

A Julia le extraña y le incomoda un poco el primer golpazo con esta fauna de exhibición hasta que descubre algún melómano vestido sin alharacas e incluso primerizos o primerizas con el mismo gesto despistado de ella. Dejamos atrás el vestíbulo de la alfombra, la madera de descendiente de traficante de esclavos, los lamparones y los dorados con los que la derechona remató la decoración infame del teatro y nos metemos en la sala.

—Vamos dentro, que aquí nos pueden clavar un puñal, le digo a Julia con tono de misterio.

Ella se ríe y noto que se relaja cuando la dirijo hacia el patio de butacas con la mano sobre su espalda. Me mira y lanza un gesto cómplice que a mí me gusta. Los primeros pasos los hace mirando hacia arriba, fijándose en los detalles que deja la ligera penumbra de la iluminación. Nos sentamos en nuestras localidades y observamos el revoloteo de los que buscan su sitio mezclados con el aplomo soberbio que muestran los abonados de butaca fija, siempre enfebrecidos de seguridad en sí mismos. Faltan cinco minutos para que dé comienzo y Julia no ha reaccionado. Sin duda espera que yo la instruya en este nuevo mundo como un *cicerone*.

—Bueno, pues ya estás en la ópera, le digo.

—Ya, sí. No sé. Me siento un poco extraña.

—No te dejes impresionar por la entrada. La música te hará reencontrarte.

Trato de tranquilizarla. El lenguaje universal de la música siempre es una buena coartada. Funciona.

—Vamos a disfrutar de una de las grandes óperas de la historia, te aviso.

—Ya. ¿Es bueno el reparto?

—No está mal. Funcionará.

Lo profetizo, con cierta arrogancia de experto.

—¿Por qué?

—Porque la soprano tiene pinta de poder transmitir la fragilidad que requiere Mimì y el tenor puede dar el pego y trascender la habitual sosería que sufren los Rodolfos. Por lo demás, es una historia de amor con una música que hace que te traicionen las emociones. Así que, lo mejor, es dejarse llevar por ellas.

—Y los Rodolfos, ¿por qué son flojos?

—No sé. Puede que sea un defecto del mismo libreto. Es como un personaje absurdo, un poco sobrao, casi un mero frontón sobre el que Mimì pueda subir y bajar en su tragedia. Una excusa. Pero la diferencia entre los grandes cantantes de ópera y los malos son los que hacen creíble en él alguna emoción. Aunque esto que te digo, son cosas mías. Tú verás otras que también valen. No me hagas mucho caso, disfrútalo.

Se van apagando las luces. Nos recuerdan que desconectemos los teléfonos móviles y aparece el director. Aplausos. *Pom pom pom.* Suenan los golpes iniciales de la ópera al tiempo que se alza el telón y estamos ya en la buhardilla parisina de los artistas títeres y las penas de Mimì.

Enseguida, la melodía nos ha desarmado con la eficacia que requiere Puccini. Vamos a llorar. A Julia le brillan los ojos y no se le borra la sonrisa. Se mueve poco en el asiento a medida que avanza la ópera. Ha disfrutado con la presentación de los personajes, las entradas de los protagonistas y sus marionetas, con Marcello, Colline... Luego llegará Musetta.

«Le gusta París», pienso. Es perfecta hasta en eso.

Rodolfo y Mimì han cantado perfectamente sus arias del primer acto. «Che gelida manina», luego «Sì. Mi chiamano Mimì». Cuando se hacen bien, cuando se les da hondura, sentimiento, son dos perfectos autorretratos: el triunfo de los antihéroes en la ópera. Te atrapan, te capturan. Con esas dos piezas se ensancha la música universal porque nadie puede quedar ajeno al torbellino de la emoción pura. Aplauden muchos más que los ignorantes que mandan callar.

Julia traga saliva. No se atreve a llorar y se come una castaña. Yo he sucumbido, como siempre, a la trampa del autor, tan liberadora y no quiero esconder mis lágrimas. Al verme de reojo llorar y sonreír como un bobo, Julia también se anima, me pasa un kleenex y se deja llevar. Acaba de ingresar en el club internacional de la emoción pucciniana.

Poco después llega el color, el desmadre vital del segundo acto. París se abre ante los ojos de Julia con la música luminosa, sensual. Musetta es la emperatriz ahora de las notas gordísima de Puccini...

En el descanso, Julia apenas me habla, pero yo sé que es feliz y que aguarda impaciente la muerte de Mimì segura de que es una muerte viva, que nos hace resucitar cada vez que la vemos. Está inquieta por haber sentido por primera vez esa experiencia desconocida.

—¿Te está gustando?

—Muchísimo, responde cerrando los ojos. Es un gesto que no da lugar a dudas sobre esa felicidad que nos deja la fuerza liberadora del llanto con el buen melodrama.

—¿A que te quedas como una reina con esta música?

—Como una reina. Tú lo has dicho.

—El Rodolfo tiene gracia. ¿Entiendes lo que te decía?

—Sí. Creo que sí.

No hemos salido en el descanso. Le he evitado el tradicional paseíllo por los salones hasta la cafetería para que el retrato de Fernando VII, ese rey al que debíamos haber cortado la cabeza para evolucionar en sincronía con la Europa desarrollada, no nos estropee la noche.

*Ta chán.* De golpe casi entramos en el tercer acto y todos conservan la tensión melodramática hasta la muerte de Mimì. La música del final, los lamentos de Rodolfo envueltos con esa orquesta entrecortada, perfecta muestra de la gran apoteosis trágica para una antiheroína, acaba por liberarnos del todo.

Julia se parte las manos al aplaudir. Le ha llenado el esfuerzo de estos cantantes aparentemente de segunda fila, pero dignísimos, que han sabido hacernos sentir y desenlazar los nudos de la emoción que ata esta ópera mayor. No deja de aplaudir y gritar bravos a todos los que saludan. Está de pie. Yo la observo sentado, muchos han hecho ya la estampida para que no les quiten mesa en el restaurante con esa poca vergüenza que no les da ni para recompensar el trabajo de los artistas. ¡Qué público! No tiene remedio.

—¿Adónde van?, pregunta Julia.

—No sé. Por mí se pueden ir a tomar por el culo.

Muchos tienen el trasero doblao y el alma de hierro, cerrada por completo a las emociones sencillas. Han venido sólo a lucir el modelo y ya han cumplido. Al salir, después de casi quince minutos de desfile de aplausos, Julia no ha perdido esa sonrisa, ni su gracioso gesto de mujer nueva y reconfortada.

—Gracias, Ramón, me dice clavándome los ojos como cuchillos dulces.

—Me alegro de que te gustara, le respondo.

—¿Gustarme? Me has hecho feliz.

—Perfecto. Tendrás que contarme ahora qué te ha parecido pero sin dejar detalle. He pensado que podíamos ir aquí al lado a picar algo.

—No. Mejor vamos a mi casa. Tengo un jamón que se me va a echar a perder. ¿Sabes cortarlo bien?

Yo me quedo paralizado.

—¿Cooortarlo bien? ¿Eeel jamón?

Creo que lo he dicho tartamudeando, como un perfecto imbécil de comedia barata hollywoodense.

—Sí, el jamón. ¿Lo cortas bien?

—Generalmente sí.

Es lo único que se me ocurre responder con ciertas garantías de éxito.

—Pues entonces vamos a mi casa, que tengo pan y todo. No me falta de nada.

—Bien, bueno, suelto sin poder disimular el terror que anquilosa mi cuerpo invisible y ahora impermeable al ambiente exterior. No sé si hace frío o calor, si sopla viento o llueve.

—¡Taxi!, grito en mitad de la calle.

—No, no pidas un taxi. Te llevo en la moto. Aquí la tengo. Ponte este casco.

Yo sigo sus órdenes sin rechistar. Con el casco encima debo de parecer un segundón patético de tebeo. Estiro la cuerda con disimulo para que se me ajuste con holgura al atar la papada. Cuando la cierro noto que me sobresale la carne del cuello. Queda atada justo al límite de lo que acierto a reconocer de mi cuerpo.

—Estás estupendo, me dice Julia.

Arranca la moto y me invita a subir.

—Agárrate fuerte...

## 17

## DRY MARTINI Y JAMÓN

La casa de Julia recibe con flores secas perfumadas en la entrada que no puedo oler y acoge a los extraños como si fueran de la familia. El paseo en moto me ha despejado algo la cara, pero ha sido peor para este cuerpo que no veo pero sí siento. Al salir del teatro no lo notaba por la parálisis que me produjo la invitación y ahora lo tengo retorcido: el estómago en la boca, la espalda en el pecho, las manos en los pies, los ojos me bizquean y se me mueven los párpados sin que encuentre la manera de frenarlos.

Debo responder a la altura de las circunstancias, pero la verdad es que en este momento me he quedado firme en el salón, con el abrigo y el casco puesto y sin mirar a ningún punto en particular. Julia ha entrado con remango, ha echado las llaves sobre el recibidor, se ha desabrigado y ha pasado al lavabo después de decirme: «Ponte cómodo».

Yo observo todas las paredes que me rodean, pero no me fijo en ninguna. Los colores, los objetos, los ruidos llaman mi atención en vano y sigo sin percibir los olores. No puedo concentrarme en el amarillo cálido que decora el salón, ni en los sofás blanquecinos, ni en las estanterías repletas de catálogos y juguetes antiguos, ni en las columnas de discos. Tampoco en los muebles antiguos que ha debido de restaurar a mano, ni siquiera en los restos de ramos de flores que hay por todas las esquinas y deben despedir ese olor de pétalos mestizo.

Bueno, en eso último sí, porque enseguida me viene a la mente la pregunta del celoso ante las puertas del amor. «¿Quién le habrá regalado tantas flores?: su novio, su jefe, algún colega que anda al acecho, un antiguo compañero de colegio o de universidad, su médico, su...» Intento tranquilizarme: «Na, seguro que ha sido alguna hermana, quizás una prima, habrán sobrado de algún parto y se ha traído los centros...».

Mejor es que no siga indagando en sus admiradores secretos y lo pregunte directamente. Pero Julia aparece con la desenvoltura fresca de la anfitriona que busca en sus invitados comodidad, naturalidad de copropietario imaginario y se ríe al verme en el salón de esta guisa, sin haber caído en la tentación o el reflejo de cualquier recién llegado al santuario de los territorios ajenos y que suele husmear las fotos, los objetos de las estanterías, los libros y los discos para que le den pistas secretas sobre los amigos.

—¡Pero, bueno! ¿Qué haces todavía así? Dame el casco, anda. Y quítate el abrigo, que te vas a asar. Aquí ponen la calefacción como si esto fuera Siberia.

—Ay, sí. Estoy lelo, acierto a responder.

Julia agarra el abrigo y el casco y vuelve a desaparecer. Desde otro punto de la casa, que puede ser un pasillo, la cocina o su cuarto me pregunta:

—¿Qué quieres tomar?

—¿Yo?

—Sí, tú. ¿Ves a alguien más en el salón?, inquiere a gritos dulces desde donde esté.

—Ya, claro. No sé, respondo, todavía impresionado por el miedo.

Estamos en su terreno y me va a humillar como siga comportándome como un imbécil. Debo mostrarme más suelto, que se me note que tengo mucho mundo.

—Cerveza, coca-cola, vino...

Su voz va acercándose a medida que recita lo que tiene en la nevera y en los armarios. Cuando dice...

—Martini, colacao, café, té...

Está ya a mi lado en el salón para convertirse en el reflejo cruel de mi propia indecisión.

—Agua.

—¿Agua?, pregunta ella con evidentes muestras de ese desconcierto que antecede al fraude.

—Sí, agua primero, porque es que a mí las calefacciones fuertes me dan mucha sed. Luego abrimos un vino. Si quieres y tú vas a tomar.

—Sí, pero antes, me voy a preparar un dry martini, como los hacía Buñuel.

—Gran idea. Hazme uno a mí también. Pero antes, por favor, dame un vaso de agua.

—Vale. Vente conmigo a la cocina y te lo pones tú mismo mientras yo preparo el cóctel.

—Vamos.

La cocina es amplia para el tamaño de la casa. Aceptablemente moderna. Sin los excesos de la tiranía del diseño, pero con el peso de las necesidades prácticas. La nevera está llena de notas, anuncios de urgencias a mano y teléfonos de comida a domicilio colgados con imanes de muñecos ultrafamosos.

—Toma, agua.

Abre la nevera y saca una botella fría que yo recojo con cierta ansiedad. Me sirvo y bebo como un niño recién llegado de un partido de fútbol. Dos vasos.

—Tenías sed, ¿eh?

—Un poco. Bueno, a ver cómo preparas el cóctel.

—No te lo voy a contar. Es un secreto. Tiene los mismos ingredientes que aconsejaba Buñuel, pero no las mismas medidas: ginebra y esto que es lo más parecido a lo que él llamaba carpano y que mezclaba en vez del cinzano dulce. Siempre con palillo y aceituna. Y servido en una copa elegante.

—¿Admiradora de Buñuel?

—Mucho. En eso a mí también me gusta luchar con mis contradicciones hasta que veo que no hay más camino que convivir con ellas.

—Sí, respondo yo, con cierto tono abierto, para que acabe de explicarse.

—Por ejemplo, me repateaba su machismo asqueroso, pero su cine me ha atraído siempre como un imán. Y todavía hoy es el único cineasta que me interesa al que no he conseguido descifrar del todo. Además pienso que va a ser así toda la vida, porque ni él mismo tenía respuesta a sus preguntas.

—Ésa es la clave, respondo yo.

—Sin embargo, sabiéndolo, sabiendo que no hay respuestas, no dejas de hacerte preguntas. Porque con otros no me pasa. Con David Lynch, por ejemplo. Cuando noto que va a vacilarme y ponerse espeso, no le paso ni una.

—Es que Lynch no es más que un simulacro de Buñuel.

—Exacto. Toma. Tu dry martini. Vamos al salón.

Julia me ha plantado la copa en la mano y se ha largado de la cocina resuelta. Ha rellenado dos cuencos con patatas fritas y cacahuetes y se ha acomodado en el que debe ser su sofá favorito, con una pierna agarrada bajo la rodilla contraria. Yo me quedo de pie curioseando los libros y los discos. Observo sus lecturas para poder jugar con algo de ventaja. Descubro otra sorpresa que me alegra. Tiene todos los *Episodios Nacionales* de don Benito Pérez Galdós y en algunos lugares de preferencia dos novelas suyas: *Tormento* y *Fortunata y Jacinta*.

—Galdosiana, eh.

—Hasta el tuétano. No sé si llegué a Galdós a través de Buñuel o viceversa. El caso es que creo que una cosa me llevó a la otra.

—Te faltan las *Novelas de Torquemada*.

—Sí. No las he leído.

—Son fundamentales. Ya sé que puedo regalarte el próximo día.

—Ni lo dudes. Acepto. ¿Sabes lo que más me impresiona de Galdós?

—¿Qué?

—Ese poder que hace que se nos planten delante, como en un tiempo unísono, todos sus personajes. A veces sería capaz de encontrarme a Fortunata por la calle con Juanito Santa Cruz del brazo.

—Fortunata. ¡Menudo modelo de mujer! Insuperable.

—Y según él la describía, voluptuosa, carnal, hasta gorda. Se lo oí una vez a Almudena Grandes en una conferencia y me pareció admirable reivindicarla así en esta época de tendencia anoréxica.

—Qué quieres que yo te diga. En eso, tiene toda la razón.

El cóctel va haciendo estragos. Me baja la tensión. Ya me encuentro mucho más cómodo. Brindamos por Galdós.

—Por el maestro, digo yo.

—Por el maestro, responde ella.

Las copas resuenan con un *chin, chin* leve, casi susurrante, que invita a que nos acompañen algunos sonidos más duraderos.

—¿Pongo música? Propone Julia.

—Vale.

—¿Jazz?

—Claro.

—*Kind of blue*. Miles.

—Perfecto.

Suena la trompeta poderosísima de Miles Davis y se nos quitan las ganas de hablar. El tiempo es una partícula ante la presencia de la buena música. Pero poco a poco, mientras apuramos nuestros cócteles, la urgencia por decir algo invade la sala y arrincona el momento. No podemos seguir pensando lo que estamos pensando, está claro. Haciéndonos estas preguntas mientras simulamos concentrarnos en el aire noble de la música: ¿Quién dará el primer paso? ¿Hasta cuándo dejaremos volar la secuencia vacía de esta ocasión?

—¿Tienes hambre?, pregunta Julia levantando la vista, que hasta el momento estaba atrapada entre la copa y el suelo.

—Sí, tengo hambre. Es mi desgracia. Casi siempre tengo hambre y nunca me empacho. Jamás.

—Voy a preparar el jamón.

—¿Quieres que lo corte?

—No. Ya preparo yo el primer plato. Tú te encargas del segundo. Vamos a hacer un concurso de corte de jamón. A ver quién gana. Disfruta de la música y no copies mi método. Ni te acerques a la cocina.

Me abandona a mi suerte aquí y yo sigo curioseando en su biblioteca, en busca de más sorpresas. Abundan los autores españoles y latinoamericanos. Parece que sufre de la misma fiebre que sufría yo en una época, la de conocer a fondo el país que nos rodea. Yo ya estoy más bien curado de aquello. Ahora me gusta indagar en otros mundos que en el fondo llegan a las mismas conclusiones que los nuestros aunque por otros caminos. Y esos, los caminos, son los que me fascinan. Porque las conclusiones, ¿para qué las queremos?

Julia llega con el plato, el pan y unas servilletas. El jamón desborda los límites y hace del recipiente un apasionante campo rojo con tiras blancas. Está bien veteado y suda lo justo para alcanzar el sabor exacto de lo sublime. Con un buen jamón hasta ese adjetivo se puede cuantificar.

—Si España se hundiera y me viera obligado a salvar algo tendría muy claro qué sería, le digo a Julia.

—¿Qué?

—Una pata de jamón. Es nuestra mayor contribución al mundo civilizado.

Julia entorna los ojos y se retrae para reflexionar sobre la chorrada que he dicho.

—Probablemente yo haría lo mismo. Y si se hundiera Francia, un foie.

Probamos la primera loncha. Nuestra primera loncha de jamón compartida. Cuando estás enamorado de alguien es como un compromiso. Jamón a solas, preludio de algo grande.

—Um.

—Um.

—Está inmenso, digo.

No miento. No miento. ¡Voy recuperando el gusto! La grasa ha explotado en mi paladar y me ha embadurnado todos los pliegues de la boca.

—¿Te gusta?

—Me encanta.

—Me alegro. ¿De beber? ¿Abro vino o prefieres un whisky? A mí me gusta con whisky. Es como las lentejas, me gusta tomarlas con arroz. Son manías.

—¿Con whisky? Buena idea.

—Tengo un buen malta. Lagavulin.

—¡Olé!, salto.

—Pues venga. ¿Hielo?

—No, gracias.

Esto sí que no me lo esperaba. Galdós, *dry martini,* jamón, Lagavulin, es la secuencia de un paraíso del que no sé cómo voy a salir. Pero puesto que no tengo nada que perder, voy a dejarme llevar por los placeres que aplaquen mis vergüenzas.

El jamón hace disolver sus ligerísimas vetas entreveradas en nuestra lengua dejando ese jugo raspón entre la base y el cielo de la boca. Creo que voy adivinando su gusto. ¿O es el poder de la memoria, que unido al tacto del paladar mandan esas señales a mi cerebro? ¿Será una pulsión sexual? ¿Qué tipo de jugos estoy segregando? El whisky puede elevar más aún la sensación sublime. Julia no dice nada especial. Yo tampoco. Estamos sin habla. Mirándonos a veces a los ojos, en espera de lo que vendrá. Miles Davis acaricia además cada segundo, con su soplido benéfico y eterno.

—Sigamos con el juego de antes, propone Julia.

—¿Cuál?

—El de «Si se hundiera».

—Bien. ¿Por regiones o por países?

—Por regiones.

—Venga. Empezamos por el oeste. Si se hundiera Galicia...

—Un kilo de percebes. ¿Tú?

—Un queso de tetilla.

—Bueno. Si se hundiera Asturias.

—Fabada.

—Estamos siendo muy típicos, ¿no crees?

—Cantabria. Y no valen sobaos ni quesadas.

—Queso picón.

—Eso sí. Yo un buen bonito o unas anchoas.

—¿País Vasco?

—Salvaría una barra de pinchos de la parte vieja de San Sebastián.

—No vale.

—Vale todo.

—Bueno, pues yo salvaría a Arzak con todo su equipo aunque me siguiera metiendo esos puros que mete.

—En fin, está visto que degeneramos.

—A eso hemos venido, ¿no?

## 18

## SORBETE DE LIMÓN

La pregunta de Julia me ha reventado delante de la cara con la potencia bélica del ataque sorpresa.

—Pues...

—Pues, ¿qué?

—Nada.

Se acerca a mí sin que pueda ni quiera remediarlo. Contengo la respiración y no soy capaz de retener el rostro en un punto fijo. Echo la cabeza para atrás hasta dar con el respaldo del sofá y en ese momento noto cómo ella se ha apoderado de mis labios sin salida en un beso que ha debido ser corto, pero que para mí ha navegado con el cronómetro de la eternidad con su sabor a natilla con canela.

Cuando despega su boca de la mía yo sigo con los ojos cerrados, saboreando. Los abro lentamente y ella permanece ahí. Mirándome, un tanto extrañada al comprobar que mojo los labios con la lengua. Espera mi reacción de tórtolo perdido.

—¿Qué haces? ¿Estás comiendo algo?

—¿Yo? Nooo.

Recupero la posición de mi sonrisa lerda.

—Tienes unos ojos preciosos.

—Gracias, susurro yo.

«No es como todo el resto de mi cuerpo», pienso mientras me sobrecojo en mi invisibilidad evidente.

—¿Qué?, demanda Julia.

Espera una respuesta a la altura.

—Nada. Que me has dejado un tanto sorprendido.

—Alguien tenía que dar el paso. ¿O no?

—Desde luego.

—Y tú, no ibas a ser...

Yo sonrío y no contesto porque si le dijera la verdad le tendría que confesar que todavía no me creo que esto pueda estar pasando. Julia espera mi respuesta.

—No sé, quizás con algo más de tiempo.

—¿Cuanto tiempo?

—No sé, una hora...

—Una hora, un año, diez años, en tu vida...

—¿Por qué dices eso?

—Porque los hombres como tú estáis condenados a titubear y dejar pasar este tipo de oportunidades.

—¿Los hombres como yo? ¿Cómo son los hombres como yo?

—Eso, dubitativos, titubeantes, algo acomplejados...

—¿Sí?

—Sí, dice mientras empieza a acariciarme el pelo, la frente y me repasa la cara con los dedos.

—Dubitativos, titubeantes, acomplejados... menudos encantos has visto en mí para lanzarte a besarme.

Sonríe y no pesca el anzuelo que he lanzado para que me piropee y me confiese, realmente, qué le puede interesar de un tipo deforme y amargado como yo. Julia continúa su recorrido por mi cara y temo el momento en que baje a otros parajes y no me encuentre o yo no sienta su mano recorriéndome. Yo me vuelvo a regodear en ese prólogo de todos los sabores, cuando sientes impaciencia ante la llegada de un buen solomillo.

Lo hace, empieza a bajar por el centro del cuello hacia el pecho, hasta el comienzo de mi estómago y yo no quiero mirar, no quiero ver su reacción de sorpresa cuando note algo raro. Su cara no da pistas. Mantiene ese gesto de seductora que me ha desarmado completamente. Ya estoy a sus expensas, más cuando mi erección tensa al máximo las costuras del pantalón. Mi erección, sí, Dios santo. ¿Cuánto tiempo hacía que echaba de menos esa sensación que ahora me sorprende abrupta? Con mi desaparición, había olvidado completamente la tiranía del sexo. Ya no me fijaba en las mujeres por la calle. Todas caminaban con el rostro de Julia y para mí, Julia era mucho más que un impulso sexual.

Había abandonado...

Me besa, se me van las ideas. Me besa la cara, suavemente, recorre mis párpados con los labios para que los cierre y me deje llevar. Yo no quiero abrirlos, tantea el cuello, la papada. Parece darle igual. Debe regirse más por los cánones de Rubens y de Murillo que por los de El Greco. Me ha desabrochado la camisa, ay Dios, va a descubrir debajo los cojines del sofá, un precipicio, un vacío. Va a certificar mi invisibilidad.

Pero no, sigue besándome. Ahora los pezones, qué cosquillas, sonrío, no dice nada y aumenta la tensión. Yo comienzo a mover mi cadera como un potro. Me revienta la cremallera, ella me besa más y me recorre el cuerpo con las yemas de los dedos. No aguanto esta excitación visible e invisible, real aunque yo me niegue a reconocerla por terror a seguir sin ver nada.

Sigo sin abrir los ojos. Ella para, pero yo me paralizo, me sobresalto. Ya ha comprobado que está seduciendo a un fantasma. No hay salida. Se me ha evaporado el hambre de golpe. Me está mirando. Espera que diga algo. Ahora sonríe, mi desconcierto es total.

—¿Qué? ¿Voy a tener que hacerlo todo yo?

Me ha retado. Respiro hondo. Solamente me ha retado. No sospecha nada. Soy yo. Me he vuelto loco. Pero no quiero mirar mi cuerpo todavía. No quiero reconocerme en mi cuerpo, sino en mi nuevo ser etéreo, que también siente, que goza. Me entra un escalofrío. Ella reposa ahora sobre el sofá, con los ojos cerrados. Se ha entregado a mí y debo seducirla. Éste es un juego justo. Debe haber equidad en los temblores.

Agarro su rostro de bizcocho, la miro y súbitamente recupero esas ganas de comer. Julia no abre los ojos. Reposa expectante con su media sonrisa traviesa. La beso. Siempre supe besar. Le beso la frente, el pelo, la nariz, las mejillas, el labio inferior, el labio superior. Me familiarizo con ese mundo por conquistar que es su cabeza y voy disfrutando de sus sabores porque el gusto va reapareciendo en mí con paso lento. Noto que las pupilas me saben a sidra, sus pómulos a melocotón, la boca es chocolate blanco, a veces un helado de yogur. Creo que va a encender en mí la explosión del gusto dulce y salado renacido. Nuevo. Mis sentidos están alerta.

Llevo la camisa desabrochada y aplico también el juego de equidades: comienzo a desatarle los botones de la blusa. Me sorprende la pelusa de sus pechos, que se mueve como un cuerpo de baile sobre el suelo de su piel tersa. Estoy seguro de que son puro arroz con leche.

Quiero desabrochar su sujetador y ahí empiezan las trabas. Sonríe, se ríe, se empieza a alterar. Vuelve a reír.

—Mira que eres inútil. Espera que me doy la vuelta.

Se incorpora, se quita la camisa, se recoge el pelo hacia arriba y en esa postura tan maravillosamente inquietante yo acierto menos a desabrochar el maldito sujetador.

—Que es que no sé, balbuceo.

Lo hace ella y me lo planta en la cara. Ahora soy un memo con un sujetador en la cabeza. Pero no puedo perder la compostura, ni la presencia. Cambian de nuevo las posiciones. Va ganando en el arte de la seducción. Me ha sorprendido otra vez. Yo decido dejarme hacer. Ella me acaricia la mano y me recorre con sus dedos el brazo. Ahora decido mirar, ya sin miedo a lo que pase.

¡Dios mío!

Como si descorriera una cortina a cada paso de su caricia va reapareciendo mi brazo. Ahora el derecho, luego el izquierdo. Me besa el pecho, me come los pezones y los pelos de mi cuerpo de oso me saltan a la vista con la carne de gallina por la excitación. Están ahí. De nuevo. Reviven.

Yo no puedo aguantar la risa mientras Julia ha bajado sus manos hacia mi pene oculto, que espero también resucite. Dejo que desabroche los pantalones, porque el tamaño del bulto le inquieta tanto como a mí.

Ya los tengo abajo y también a medida que me ha ido besando el tórax, el estómago, la pelvis, todo ha ido volviendo a la realidad. Julia me ha devuelto al mundo en el momento mágico y crítico de la seducción. Soy un hombre renacido, un hombre nuevo a sus ojos y a los míos. Recupero mis pliegues deformes, pero bien que me alegro de verlos otra vez.

Cuando estoy desnudo, ella se lanza a besarme el sexo, me lo acaricia y me cosquillea con los dedos entre el vello. También lo puedo ver. Compruebo la espada en alto, con ese arqueo hacia arriba que no sé cuánto voy a poder aguantar. Lo mete en su boca, le da vueltas sabrosas y no puedo hacer nada para evitarlo, pero, en cuanto sale...

—Aaaaahhhh....

Me corro. Susurro como un niño que ha perdido a su madre en un supermercado. Incluso digo:

—Mamá.

Ella parece no inmutarse por mi complejo de Edipo. Me ayuda a soltar todo el esperma y practica con su nuevo juguete inexperto y torpe, para arriba, para abajo, para adelante, para atrás. Yo sigo susurrando y ya no digo más «mamá», ahora sólo acierto a pronunciar palabras que describen mi desesperación y mi ridículo.

—Mierda, mierda. Perdóname, perdóname.

Julia sonríe como una gran reina generosa del placer.

—No pasa nada, no pasa nada, ssssssch.

Intenta tranquilizarme, pero mi sensación de niño a la deriva en un mar hostil es irremediable.

—¿Dónde está el baño?

—Allí, al lado de mi habitación.

Es una huida justa, comprensible, la que voy a emprender hacia el cuarto de aseo. Allí tendré tiempo de volver a reconocerme, de levantarme después de esta caída en picado a la realidad.

Entro al baño. Me limpio primero y no puedo reconocerme a gusto porque he empezado a llorar. Las lágrimas empañan la visión de mi cuerpo renacido, pero no la anulan. Es un hecho: ha regresado. Julia me lo ha devuelto. Me lavo bien en el bidé. Tengo todos los alrededores manchados de semen. Ese semen que va acumulándose dentro y que sale a presión hacia el vacío, desperdiciado por quien no lo merece por no desarrollar bien las artes del amor. Julia toca desde fuera.

—¿Estás bien?

—Sí, sí. Ahora salgo.

Ha debido de adivinar mi llanto de derrota, mi llanto cobarde. Ahora que conoce mi absoluta negación para dar placer a una mujer me despedirá y si te he visto no me acuerdo. Yo lo entenderé. Pero antes quiero repasarme frente al espejo. Me he limpiado las lágrimas y me enfrento al reflejo. Han regresado mis brazos anchos, mi torso redondo, mis pelos revueltos entre los montes de mi pecho, mi ombligo profundo; la panza, con su redondez simétrica. Miro hacia abajo y desprecio mi picha absurda, operada de fimosis, ridículamente pequeña. Salto hacia las piernas, tan recubiertas de pelo, con su cicatriz en las rodillas intacta. Los pies rechonchos también han llegado, esos que me ayudarán a huir.

Estoy desnudo. Me he lavado a fondo. Salgo al campo de batalla, pero Julia no muestra ningún signo de desprecio cuando me ve llegar con la cabeza gacha.

—Ven aquí.

Abre los brazos con el diámetro que marca el territorio de lo que podía haber sido mi felicidad. Yo me dejo cobijar entre ellos, dejo que me acoja en su reino. Me besa la cabeza, me acaricia, intenta tranquilizarme. No quiere que hable.

—Soy un patán, ¿verdad?

—No. Todo ha salido tal como estaba previsto. Que te hubieses corrido más tarde hubiese sido una ofensa para mí. A veces, a las mujeres, también nos gusta veros gozar así.

—Pero es un tormento. El ridículo acaba con el placer.

—Ha estado muy bien. Ahora me toca a mí y ya estamos en paz.

Trato de enmendar la ofensa con prisas, enseguida abro sus piernas y preparo la lengua para extraer de ese fondo al que ansío llegar cuanto antes todos los jugos.

—Espera, me dice tirando de mi cabeza hacia arriba. Bésame.

Ella dirige la operación. Ninguno quiere más fiascos.

—Acaríciame.

Debo aprender a hacer las dos cosas a la vez con la misma precisión, con la misma concentración que si hiciera una. Manejar los labios delicadamente, mover las manos con arte.

—Aquí.

Se alza los pezones con la mano como en una ofrenda sagrada, invitándome a mamárselos, para sacar de mí ese bebé perdido y llorón que todos llevamos dentro y que busca constantemente el cobijo de una piel maternal. Pero sobre todo, con esa invitación, Julia consigue que recupere mi placer por el gusto totalmente. Aparto mis traumas y me dispongo para el gran banquete. Efectivamente, el increíble sabor de su pecho me devuelve al arroz con leche más cremoso. Ahora sólo ansío comérmela entera.

—Sí. Así.

Parece que voy acertando. Se me seca la lengua, pero me las arreglo para segregar más saliva, concentrándome en el sabor de su pecho. La humedad excita siempre. Está bien cuajada, en su punto y temperatura justa.

—Ahora, ven.

Me dirige certera hacia su cueva. Yo miro su vagina con la excitación de un arqueólogo ante un tesoro milenario. Está razonablemente húmeda. Un jugo blanco, dulce y amargo a la vez, hace espuma entre sus surcos. Jamás me había enfrentado a un manjar tan apetitoso. Hinco mi lengua con cierta dureza y descubro la excitante acidez de un sorbete de limón delicioso, con uno de los champanes de la mejor cosecha que se puedan imaginar.

—Cuidado. Despacio.

No me da más indicaciones. Me suelta perdido a mi arbitrio. ¿Qué querrá? Seguramente que relaje la lengua, que la maneje blanda para masajear correctamente, en el punto justo esa humedad que desprende su clítoris cítrico que a medida que va endulzando el jugo que exprime pasa de limón a mandarina y de mandarina a naranja. Las paredes de su clítoris son los gajos más rebosantes de vitamina vital que he probado.

—Ummm.

Empieza a susurrar. Yo me concentro en la parte de arriba y a veces endurezco la lametada, otras veces, reconvierto el chupetón en algún beso furtivo. Después soplo y ella retiembla. Ahora, el sorbete parece que va ganando con su espuma de champán secreta.

—Uy, uy. Sííí.

Vuelta a empezar. Lametazo suave, algún beso, una pequeña absorción que le hace reír. Degusto sus rodajas llenas de jugo a mordisquillos.

—Por aquí, por aquí.

Ahora ella ha agarrado mi cabeza, que maneja a su antojo, como un volante de esos juegos de matar marcianitos. Quiere que encuentre su punto mágico. Está por ahí, no debo distraerme, sólo concentrarme en esa sinfonía de sabores cambiantes.

—Ay, ay.

Los susurros me ofrecen la pista justa. Voy bien, lo alcanzo. Noto que sus músculos se van tensando y cada vez mueve sus caderas con más rapidez. Debo endurecer la marcha. Comer más rápido y degustar menos.

—Así, así, ay, ayayayayayayyyyy.

Cuando mi cara se recubre por completo de un zumo exuberante sé que se ha corrido. Pero no encuentra paz en el orgasmo. Quiere más.

—Entra en mí. Fóllame, ordena.

Qué poco duran las mieles del triunfo en el amor. Yo que había cavado una fosa en su cuerpo que le había hecho explotar de placer, voy a volver a hacer el ridículo. Su orgasmo me ha vuelto a excitar. Estoy preparado para entrar, pero, ¿cuánto resistiré? Da igual, lo que sea, debo responder a sus deseos. Ella manda.

—¡Vamos!

Se impacienta. Debo entrar. Yo sigo empalmado. Pero el terror al fracaso me anquilosa un poco. Saco la cabeza de entre sus piernas y miro hacia ambos lados de la habitación. Necesito un reposo tras el banquete, hacer más hueco, pero no me da opción.

—¿Qué haces? ¿Qué buscas? ¡Entra!

Me urge. Pero yo necesito respirar, secarme la cara al menos. Le toco la vagina para calmarla. Mi mano se humedece como si su cuerpo fuese una fuente única que reparte mezclados agua y jabón.

—Espera, me atrevo a decir.

—Entra sin miedo, me reta.

Me aterra que su humedad venza mi tacto cobarde al penetrar. Pero lo hago sin haber logrado respirar lo justo. Sus prisas me excitan aún más. Hago lo que me dice y me introduzco en ella para tratar de explorar al máximo esa ilusión de felicidad. Sudamos y hemos endurecido nuestros cuerpos; nuestras pieles parecen aullar. Estoy encima de ella, en la posición que hace que suela correrme más deprisa.

—Tú arriba, eso.

Ella se mueve muy rápido y también susurra con intensidad. Yo, ni siquiera le advierto que en esta postura todo se va a acelerar, que no soy una estrella de esas del porno que se corren de aburrimiento, después de media hora dándole y de haberlas roto a todas por dentro. Ahí sí que el cine es el arte de la exageración.

Julia me ha rodeado con sus brazos amamantadores y me besa el cuello. Yo quiero mirarla, verla gozar. Pero es ella la que me envuelve a mí, la que tira de todos mis restos hacia fuera. Siento su carne blanda aprisionando firme y dulce mi pene ansioso, que ya se rinde, que ya se entrega, que es su prisionero por siempre jamás.

—Aahhh, aahhh.

Cierro los ojos. Esta vez no voy a pedir perdón. Ella ríe feliz. Es la reacción de quien goza y ama a la vez. De quien aspira a compartir placer.

—Eso, así, goza, tranquilo.

Me incita a disfrutar el momento mágico. He vuelto a correrme rápido. Pero ella ha sabido sacarme el cargo de conciencia de mi inutilidad sexual dejándome claro con su lenguaje corporal que me incitó a entrar exclusivamente para hacerme gozar a mí.

Vamos parando la máquina, haciendo morir el ritmo de nuestro placer. Entre besos de seda, trufa y sonrisas húmedas, recuperamos el habla emocional, la que nos hará confesarnos un rastro de amor, una pista. Ella ha llevado la iniciativa sexual, yo debo dirigir la sentimental, aunque eso me desnude completamente.

—Te quiero, le digo.

Julia me agarra el rostro y me lo planta junto a su cara sonriente.

—¿Qué has dicho, loco?

—Que te quiero.

Me besa. Me acaricia el pelo y ordena:

—Repítemelo otra vez. Hace mucho que no oigo nada parecido.

—Te quiero. Te quiero.

Respira hondo y deja entrever los ojos enramados.

—Yo a ti también te quiero, Ramón.

—¿Pese a que sea un desastre en la cama?

—¿Quién lo dice?

—Es evidente.

—Pues sí, eres un desastre en la cama, pero tienes lengua de *gourmet* para el sexo. No te preocupes. Aprenderás... Aprenderemos despacio a comernos el uno al otro.